틈

김윤애 수필집

도서출판 북인

| 차례

제1장 봄

제2장 여름

제1장

봄

바람과 벗하여 걷다

바람이 양떼구름을 살짝 밀어내자 산봉우리 윤곽이 보이기 시작했다. 정상에 오르면 도시의 전경과 동해가 한눈에 들어와 모두가 좋아하는 산이다. 내가 살고 있는 아파트의 정겨운 풍경을 지나며 나는 계속 날고 있었다. 언제나처럼 푸르름을 간직한 눈부신 윤슬의 바다가 나를 유혹한다. 한때 아이들과 즐거운 여름 추억을 함께했던 넓은 백사장을 한 바퀴 돌아 얼마만큼의 산과 강을 건넜을까 저 아래 붉은 지붕이 보인다. 텃밭엔 엄마가 심어놓은 옥수수가 자라고 있고 마당 둘레를 금잔화가 예쁘게 피어 오렌지색 띠를 두르고 있다. 뒷마당 어귀 엄마가 풀을 뽑는 모습이 어렴풋이 보였다. “엄마 나 왔어.” 큰소리로 엄마를 불렀다. 엄마는 여전히 허리 숙여 일을 하고 계셨다. 나는 더 크게 엄마를 불렀지만, 소리는 내 목 안에 갇힌 채 입 밖으로 나오질 않았고 서운함에 눈물이 왈칵 쏟아졌다. “엄마.” 나는 곧장 아래로 떨어지고 끝도 없이 추락하는 내 몸이 땅속으로 침잠해버릴 것만 같아 허우적대며 겨우 잠에서 깨어났다. 이렇게 하늘을 나는 꿈이 벌써 몇 번째인가?

2년째 코로나19로 인해 여행은 꿈도 꾸지 못하고 하늘길마저 막혀 답답했던 마음을 떨치고 어디론가 날아가고픈 바람이 내 맘 속에 내재되어 있을지도 모를 일이다. 그리운 엄마의 집, 아버지의 사업 실패로 집을 잃고 그 후 엄마의 교통사고를 대신해 겨우 지어진 집이다. 이제 엄마의 기억은 채 몇 시간도 저장되지 않는다. 엄마의 시공간에는 오로지 자식들에 대한 기억만 건재할 뿐이다. 지금은 텅 비어 있는 그 집에서 엄마가 추어탕을 끓여놓고 우리를 기다리고 있던 옛 시간이 그리워 가슴이 먹먹해진다.

창밖에는 이른 봄바람이 기세 좋게 앞산과 도로를 휘저으며 지나고 있다. 요즘 봄바람은 뭐에 그리 기세등등한지 전국에 산불을 일으키고 두 해 전에도 이웃 도시에서 일어난 산불이 우리 동네로 번져와 멋진 캠핑장과 휴양시설을 다 태우며 900억 가까이 손실을 내지 않았던가. 가끔은 원망스럽기도 한 봄바람이 자신의 존재를 과시하며 도로를 휩쓸고 간다. 객기라도 부려 바람에 항거하여 우뚝 서 있고 싶었다. 갈피를 잡지 못하고 흔들리는 작은 가지가 아니라 반평생 넘게 살아 관록 있는 나무처럼 심지 굳게 버텨내기 위해 길을 나섰다. 찬바람이 내 몸 구석까지 파고들었다. "바람은 작고 미미하지만, 산을 깎을 수도 나무들을 눕힐 수도 있다. 바람은 그저 달아나며 미끄러지듯 지날 뿐이지만 힘을 온전히 발휘한다. 바람의 힘은 제힘에 있지 않고 자신을 관통하며 그 힘을 소유하지 않고 그 힘에 소유 당하지도 않는다. 세상이 그 자리에서 작동하도록 내버려두며 스스로를 지우기 때문이다." 바람을 가장 잘 이해하고 적절하게 묘사한 작가의 매력적인 문구가 마음에 와 닿는다. 바람은 자신의 존재를 일깨우기 위함인지 끊임없이 비집고 들어와 나를 탐색한다.

운동장엔 마스크를 쓰고 산책하러 나온 사람들이 꽤 있었다. 입춘도 지나고 경칩마저 비껴간 날씨인데도 먼 산의 눈바람으로 인해 봄은 아직 겨울의 그늘을 벗어나지 못하고 있다. 춘래불사춘春來不似春이다. 한기가 뼛속까지 들어와 마음속 바람막이를 하나 덧입고 여느 사람들처럼 가로 20센티미터, 세로 7센티미터의 보호막에 자신을 감춘다. 바이러스조차 이기지 못하여 마음놓고 숨도 쉴 수 없는 인간이 얼마나 나약한 존재인지를 새삼 깨닫게 된다.

농구를 하며 젊음을 발산하고 땀의 의미를 알아가는 청년들, 두 손을 맞잡고 벤치에 평안하게 앉아 있는 노부부, 그리 많이 남아 있지 않을 법한 시간을 음미하고 있는 듯하다. 강아지를 유모차에 태우고 산책하고 있는 아주머니, 충성스러운 개가 주인의 건강까지 염려해 운동을 시키고 있는 것 같아 기특함에 웃음이 나온다. 바람을 가르며 스피드를 즐기고 향유하고 있는 인라인 애호가들, 갓 몸에 익힌 자전거를 위태롭게 타고 있는 아이와 안쓰럽게 지켜보는 아빠, 저마다 삶의 이유와 목적을 가지고 살아가는 사람들이다. 나와 같이 삶의 의미를 상실하고 시간을 보내는 사람은 그저 뚜벅이처럼 앞으로 걸어갈 뿐이다.

'사람은 태어나는 날부터 모두 죽음을 향해 걷고 있다'고 철학자 세네카는 말한다. 죽음을 향해 내딛는 발걸음이지만 걷는다는 건 뭔가를 깨닫고 추구하기 위한 인간의 의지이다. 옛 철학자들은 걸어가면서 진리를 깨우치고 제자들과 토론하며 철학을 가르친다고 한다. 하늘의 뜻과 지상의 모든 만물을 찬찬히 관찰하면서 미처 보지 못했던 것들을 깨우치며 깨달음의 경지에 이르렀으리라.

'걷기는 균형 깨기를 전제로 한다. 땅에서 발을 뗄 때 추락이 시작되며 내디딜 때 추락이 모면되고 안정을 찾는다. 한 발을 앞으로 내디디려 할 때 우리는 의심하고 동요하게 되며 발이 땅에 닿을 때 안정과 확신을 갖게 된다'고 『걷기 —철학자의 생각법』에서 작가는 말한다. 추락과 균형잡기를 반복함으로써 철학적 사유로 나아가게 되며 그것이 새로운 세상으로의 전진을 의미한다면 내가 지금 걷고 있는 것은 단순한 물리적 중심잡기가 아니라 조금이나마 사유를 진전시키는 인간의 발걸음이 되기를 내심 바란다.

한 시간쯤 걷다보니 거센 바람에 익숙해져 볼에 와닿는 바람이 신선하게 느껴진다. 바람은 시간의 흐름에 아랑곳않고 제 갈 길을 가고 나도 바람과 벗하여 걷고 있는 것이다. 서서히 바람과 나는 한몸이 되어간다. 너다섯 살가량 되어보이는 사내아이가 아빠와 함께 연을 날리기 위해 종종걸음을 친다. 아이의 아빠는 가오리연을 하늘로 연신 띄워보지만 거센 바람에 연은 어이없이 추락하고 만다. 연을 날린다는 것은 바람의 방향을 읽고 얼레와 연을 45° 각도로 잘 조절하여 일정 궤도에 올려 바람과 일체화시키는 일이다.

연을 보는 순간 새벽에 하늘을 나는 꿈이 다시 생생하게 떠올랐다. 나도 연처럼 하늘을 훨훨 날고 싶었던 것이었을까. 시원하게 날고 싶으나 높이 날 수 없는 지금의 가오리연처럼 내 인생도 그렇게 연실처럼 꼬여 바람의 방향도 가늠하지 못한 채 자꾸 추락만 거듭하고 있는 것인가 하는 생각에 연이 애처로워 보였다. 사람들은 설날이나 정월 대보름날에 액운을 연에 담아 하늘 멀리 날려버리고 그 끈을 끊고 복을 부르기 위해 연을 날린다. 12월부터 날리기 시작하여 정월 대보름이 되면 액막이연이라고 하여 일제히 연날리기 행사를 하곤 했다. 정월 대보름이 지나서 연을 날리면 바보 취급을 당하기도 한다지만 지금처럼 코로나19가 극성을 부릴 때 모두들 연 하나씩 들고 붉은 태양 떠오르는 동해에서, 우뚝 솟은 한라산에서 연에 송액送厄이라 크게 쓰고 시원하게 날려 보내고 싶다. 가오리연, 방패연, 태극연, 독수리연, 각자 만든 색색의 연이 하늘 높이 휘날리는 모습을 상상만 해도 기운이 솟아난다.

아이들이 어릴 때 함께 연을 만들어 날려보내며 즐거운 시간을 보낸 적도 있었는데 언제부터인가 연은 우리 시야에서 사라지고 정월 초하루 떠오르는 일출과 함께 커다란 풍등風燈이 하늘 가득

떠 있는 모습에 익숙해져 있다. 3월에 연을 날리는 철모르는 부자父子처럼 나도 아이들이 집에 오면 다같이 연을 만들어 동네에서 제일 높은 초록봉에 올라가 높이 날려보고 싶은 소망이 생겼다. 설령 철없는 엄마라고 놀린다 해도 소박한 삶의 목표가 하나 생긴 셈이다. 코로나19를 연에 실어 하늘 높이 우주로 날려 보낼 생각을 하니 발걸음에 힘이 실린다.

삼십 분가량 지나도 아이는 결국 연을 하늘로 올려보내지 못한다. 적당한 때 실을 풀고 감기를 조절해야 하는데 아이는 얼레를 품에 안고만 있다. 연은 비상과 추락을 반복하지만 아빠와 아이는 한걸음 철학적 사유로 나아가고 있다. 연을 온전히 띄운다는 건 인생을 살아가는 것과 같은 방법일 거라는 것을 아이가 훗날 알게 될까? 몇 번의 좌절을 거듭하다 바람과 한몸이 되고 주어진 연실의 길이만큼 아주 높이 날기도 하고 전봇대나 나무에 걸릴 수도 있고 때론 실이 끊어져 추락할 수도 있다는 인생의 진리를 알기엔 아직 살아온 시간이 너무 짧은 것이다.

한 시진가량 나의 머릿속 산발한 생각 속을 거닐다보면 흩어진 생각들이 내 발걸음과 맞추어 하나로 결집이 되고 정돈되며 내 머리는 가벼워진다. 비록 다리는 점점 무거워지지만, 마음은 깃털처럼 가벼워져 차마 날지 못했던 아이의 가오리연이 되어 바람에 이리저리 요동친다. 노을빛 붉게 물들여진 산등성이 너머로 가오리연이 훨훨 날아가고 있었다. 해거름 하늘 너머 날아가던 가오리연이 일몰에 녹아들고 하나, 둘 가로등 불빛이 희망의 불씨가 되어 반짝거린다. 바람은 깃털처럼 가벼워진 나를 어디론가 이끌고 간다. 바람은 나를 걷게 하는 힘이요, 걷기는 내게 삶의 의미를 일깨워준다. 이제 신들메를 고쳐매야 할 때이다.

특별한 생일

어제를 개어 장롱 속에 넣는다
언제나 그러하듯 어제는
다소곳이 제자리로 들어간다

때론
나를 내려놓는다는 것이
장롱 속으로 저항 없이 들어가는
이불 같은 것이지만
가끔은 한 자락 문틈으로 삐져나와
오늘을 바라보는 일이
내게 남아 있는 희망을 바라보는 일임을

어제처럼 오늘도
봄비가 내리는 것은 어쩔 수 없다.

하루 종일 회백색으로 마감한 채 우울해하던 하늘이 저녁 무렵이 되어 기어이 비를 뿌린다. 엄마의 생신이어서 서둘러 일을 마치고 경주로 출발하여야 한다. '엄마와 딸들과의 여행' 신정에 모였을 때 큰언니가 여행을 계획하고 형부가 콘도를 예약해두었다. 한 주간의 피곤함은 잠시 묻어두고 오로지 엄마와 형제들을 만난다는 설렘으로 7번 국도를 달려간다. 앞 유리창에 부딪히는 빗방울이 다시 하늘로 올라가 안개비가 되어 흩뿌린다. 어둠 속으로 질주하다보면 마치 우주의 블랙홀로 빨려들어가는 듯한 두려움에 핸들을 잡고 있는 내 손에 긴장감이 돈다. 터널 속 빠른 불빛을 타고 달리던 자동차가 타임머신이 되어 일 년 전 부모님 생신일로 돌아간다.

암 선고를 받은 지 2년째 투병 생활로 힘들어하시던 아버지와 서서히 치매가 진행되고 있는 엄마의 82번째 생신, 가족들이 모두 모여 음식을 만들고 생신상을 차리고 케이크를 자르며 부산을 떨던 날, 아버지는 쉼없이 기침을 하다가 결국 코피를 쏟아내었다. 피로 홍건히 물들여진 침대를 보며 집으로 돌아와야 하는 우리의 마음에 검은 커튼이 드리워졌다. 하던 일을 이제 정리하시고 입원하라는 자식들의 권유에도 아랑곳않고 전국으로 3·1구국운동 강의를 하러 다니던 아버지는 결국 고집을 꺾고 며칠 뒤 호스피스 병동에 입원하셨다. 우리들은 다소 안심이 되었지만 아버지에게 그것은 세상과의 단절을 의미하는 것이었다. 동생이 전송해준 사진 속 아버지 표정은 다소 상기되어 있었고 진작에 입원할 걸 그랬다고 옅은 미소마저 띄우셨다. 아마도 강한 진통제와 수면제를 처방한 탓에 고통이 덜해지고 잠을 잘 주무신 덕분일 것이다.

오랜 투병 생활 중에 누린 한 주간의 행복이 아니었을까 그 이후 아버지의 생은 막바지로 치닫고 있었다. 병원에선 임종을 위한 준비를 하라고 했다. 호스피스 병동에선 누구나 죽음을 피해갈 수 없기에 일반적으로 행해지는 보호자 지침이겠거니 생각했었다. 당번을 정해서 간병을 하기로 하고 평일에는 서울에 있는 언니들이 주말에는 나와 남동생이 역할을 맡았다. 토요일이면 아버지를 뵈러 동대구행 기차를 탔다. 아버지를 만나러 가는 5시간 반 동안 내 가슴은 두근거리고 쿵쿵거렸다. 오늘 아버지의 모습은 어떨까? 조금 차도가 있으신 걸까 하는 기대감에 병실로 들어서지만 점차 악화되는 아버지의 병세에 집으로 돌아오는 나의 마음은 늘 무겁기만 했다.

한편으론 아버지의 고통과는 무관하게 자식된 도리를 했다는 사실을 위안으로 삼는 내가 한심하게 느껴지기도 했다. 엄마는 그림자처럼 늘 아버지 곁에서 자리를 지키고 계셨다. 병원생활이 힘들다고 집에 가서 쉬시라고 해도 붙박이 가구처럼 자리를 옮기지 않으신다. 그것이 부인의 내조임을 치매상태에서도 인지하고 의무를 다하고 싶으셨던 걸까? 혹은 늘 바쁘셨던 아버지 곁에서 외롭게 살아오신 세월을 보상이라도 받고 싶었던 걸까?

"너거 아버지는 금방 퇴원할 줄 알았는데 와 이리 오래 걸리노? 진짜 답답따!" 하고 똑같은 말만 되풀이하셨다. 엄마의 뇌 상태로는 아버지 병의 위중함을 인정하는 게 무리였나보다. 아버지는 입원하신 지 결국 한 달 만에 벚꽃이 눈송이처럼 흩날리던 봄날 이 세상을 떠나셨다. 산소호흡기에 의지한 채 하루하루를 죽음과 처절하게 싸우다가 "내가 더 이상 살고 싶지 않다"고 하셨다. 더 강력한 진통제와 수면제도 의미가 없어지고, 식도와 위장은 제 기능을 상실해 미음조차 넘기지 못한 채 고통스럽게 죽음을 맞이하셨다. 암 판정을 받고도 굳건하게 전국으로 강의를 다니셨고, 힘든 중에도 병문안 오신 분들과 일일이 인사를 나누며 안부와 근황을 묻고 타고난 의지력과 강인한 자신감으로 충만하셨던 아버지가 결국 죽음 앞에 굴복한 것이었다. 우리들은 먼 길 떠나는 아버지께 평소 아버지가 좋아하셨던 가가家歌 〈등대지기〉를 불러드렸다.

"얼어붙은 달그림자 물결 위에 차고, 한겨울에 거센 파도 모으는 작은 섬, 생각하라 저 등대를 지키는 사람의 거룩하고 아름다운 사랑의 마음을"

아버지는 외로운 등대지기가 되고 싶으셨나보다. 미약하나마 이 세상에 등불을 밝혀주는 사람 그래서 옛날부터 〈등대지기〉를 우리 집 가가로 정해놓으셨다. 우리는 가족행사를 할 때나 송년회나 여름휴가 때 꼭 이 노래를 부르곤 했다.

저 멀리 도시의 화려한 불빛이 보인다. 천년고도 신라의 도시 경주를 10여 년 만에 다시 찾았다. 혼자되신 엄마를 위로하기 위해 준비한 생신 이벤트 '엄마와 딸들의 여행', 전국에서 꽤나 이름이 알려진 한식 요리점을 둘째언니가 예약해놓았다. 전통 디자인으로 곱게 단장한 기와집과 한국식 정원으로 고풍스럽게 꾸며진 건축물이다. 가로등 불빛을 받은 가랑비가 은빛 가루가 되어 정자 위로 곱게 내려앉는다. 예약된 방에는 상다리가 휘어질 듯 진수성찬이 차려져 있다. 엄마가 소녀처럼 귀엽게 웃고 계신다. 어린아이처럼 달려가 "울 엄마" 하고 와락 엄마의 품에 안긴다. 엄마는 내 등을 토닥거리며 "멀리서 오느라 애먹었제" 하신다. 간혹 기억해내는 데 시간이 걸리긴 하지만 아직 치매의 진행 상태가 양호한 편이다. 아버지 이야기를 시작하면 엄마 눈가에 눈물이 비친다. 딱히 부인에게 잘해주지도 못한, 내가 보기엔 무심하고 무정한 3등짜리 남편이었지만 엄마에게는 늘 하늘 같은 지아비이셨던 모양이다.

엄마는 2월 2일, 아버지는 2월 4일로 정동갑이지만 엄마가 이틀 빨랐다. 그런 이유로 엄마는 한번도 제 날짜에 생신상을 받아본 적이 없다. 늘 아버지의 생신에 맞추어 같이 축하받아야 했다.

누구보다 합리적이고 융통성 있는 사고를 지닌 아버지도 그 문제에 있어서는 결코 양보가 없으셨다. 그런 점에선 남성우월주의 사상과 가부장적 이념에서 완전히 벗어나질 못하셨던 모양이다. 엄마도 일언반구一言半句 없이 남편의 의견에 따르셨다. 아버지를 보내고 나서야 고스란히 혼자서 받아보는 생신상, 엄마는 천진난만하게 웃다가 때론 아이처럼 토라지기도 하신다. 엄마를 점점 더 통제하고 있는 치매라는 것이 차라리 남편을 잃은 슬픔에서 조금씩 엄마를 해방시키고 있는 것인지도 모른다.

노래를 부르라고 하면 엄마는 쑥스러워하시며 고개를 절레 흔들며 완강히 거부하다가도 막상 엄마의 애창곡 〈섬마을 선생님〉 전주가 흘러나오면 마이크를 꼭 잡고 진지하게 노래하신다. 비록 여든셋의 할머니지만 딸들에겐 엄마의 행동이 마냥 귀엽기만 하다. 팔순을 넘긴 엄마에게 귀엽다고 표현하는 것이 조금 어색하긴 하지만 그 어휘만큼 엄마에게 어울리는 단어가 없다. 엄마와 딸들 간의 수다는 밤 늦도록 계속되었고 빗줄기는 더욱 거세어져 갔다. "엄마 기억나? 나 어릴 적에 고집이 엄청 셌잖아? 엄마가 색연필값 주지 않아서 학교 안 가고 대문 밖에서 엉엉 울다가 엄마가 빗자루 들고 뛰어나오면 도망가고, 다시 대문 앞에 가서 울고불고 했었잖아"로 시작해 언니들도 하나씩 옛날 얘기를 끄집어낸다. 한 겹 한 겹 양파 껍질을 벗겨내듯 우리 추억의 막을 걷어내며 엄마의 기억을 더듬어본다.

다음날 비가 개이고 햇살이 수줍게 인사를 한다. 촉촉한 봄기운이 완연한 아침이다. 불국사 주차장은 꽤 넓어진 것 같았지만 진입로는 별반 달라진 것은 없었다. 조금 이른 시각인지 관광객은 그다지 많지 않았는데 나올 때쯤에는 단체로 온 중국과 일본 관광객으로 북적거렸다. 나와 언니, 동생 3명은 장난스럽게 마치 일본 관광객처럼 일본어로 대화를 하며 웃었다. 아직 경주가 관광명소로서의 면모를 잃지 않은 것 같아 은근히 자랑스러웠다. 엄마와의 순간을 모두 담고 싶은 맘에 입구에서부터 연신 사진을 찍었다. 우리 사진을 찍어주던 관광객이 "아이구 영화배우들인 줄 알았습니다" 하고 우리를 웃게 하였다. 우리들은 더 예쁘게 나오려고 우아한 미소와 포즈를 취한다. 자매들이 모이면 늘 그러했다. 사람들은 첫째가 이쁘니, 둘째가 더 이쁘니, 셋째가 성격이 좋니, 딸 부잣집에 셋째는 얼굴도 안 보고 데려간다느니 넷째가 맘이 넓고 이쁘다느니, 막내가 귀엽다느니, 우리는 원치 않게 늘 비교 당하곤 했다. 그렇게 우리는 살아왔고 또 그렇게 한바탕 웃는다.

엄마는 "인제 늙었는데 사진은 뭐하러 자꾸 찍노?" 하다가도 "엄마 여기" 하면 카메라를 쳐다보며 부동자세를 취한다. 셋째언니가 맛집을 검색하여 감포에 있는 횟집을 예약해두었다 우리는 두 차로 나누어 감포횟집으로 이동했다. SNS 영향인지 실제로 맛집인지 잘은 모르겠지만 이미 많은 사람들이 좌석을 차지하고 있었다. 잘 구워진 꽁치와 묵은지, 해초를 넣고 생김에 싸서 먹는 게 특색인 모양이다. 콩가루를 잔뜩 뿌린 야채무침과 회를 넣어 생김에 싸서 먹는 초밥 맛도 특이하여 한번쯤 먹을 만하다고 생각했다. 근처에 갈 만한 곳을 물어보니 주인은 관광 가이드처럼 유창하게 설명했다. 그 설명이 너무 길어 다른 관심사를 찾고 있는데 마치 학생들을 나무라는 선생님의 눈빛으로 우리들에게 집중을 요구한다. 모두 어이없다는 듯 눈빛을 주고받았다. 시간 관계상 문무대왕릉은 관광 안내 표지판으로만 확인한 뒤 분위기 있는 커피숍을 찾아 나섰다.

30여 분을 헤맨 끝에 바닷가에 위치한 클래식한 카페를 발견했다. 건물 디자인이 1980년대에는 꽤 괜찮은 고딕풍 인테리어 레스토랑이었던 것 같은데, 지금은 빛바랜 소파와 낡은 벽화, 어두운 조명, 퇴색해버린 조각상과 분수가 있는 낡은 건물이 되었다. 그래도 아직 우아함을 잃지 않은 분위기에 우리들만을 위한 공간이었다. 주문한 드립 커피와 이탈리안 피자. 포장해간 생일 케이크로 맛있는 디저트를 먹으며 달콤살벌한 시간들을 나누었다. 딸들이 모이면 늘 달콤한 시간만 주어지는 건 아니다. 때론 서운한 말들로 상처를 주는 살벌한 순간들도 있지만 30분도 채 지나지 않아 화해 모드로 들어간다.

우리 자매들의 행복 유효기간은 만 하루이다. 처음에 즐겁게 시작되던 분위기가 하루 정도 지나면 조금씩 신경전이 되어간다. 우후죽순 돋아나는 말의 가시들 그러다보면 서로의 상처를 헤집

게 된다. 30분에서 한 시간 정도 지나면 또 언제 그랬냐는 듯 다시 깔깔거리며 웃음꽃이 핀다. 그래서 가족인가보다. 언니들은 대구에 들렀다가 엄마를 모셔다드리고 서울로 출발해야 하고 나는 혼자서 강원도 나의 집으로 돌아와야 한다. 언니들도 나 혼자 보내는 게 안쓰러운지 "같이 가줄까?" 하고 농담을 던지지만 나는 공허한 미소로 답한다.

돌아오는 길은 멀다. 어두워지기 전에 익숙한 나의 도시로 돌아가야만 한다. 앙드레 가뇽의 〈저녁바람Lair Du soir〉을 들으며 액셀러레이터를 밟는다. 1박 2일 여정이 파노라마가 되어 차창 밖으로 지나간다. 다시 보고 싶어질 것이다. '집은 베이스캠프' 같은 것이라고 한 어느 여류작가의 말이 생각난다. '날씨가 나쁘면 도로 내려와 잠시 피해 있다가 다시 떠나는 곳', 가끔씩 내 생활에 지치고 염증이 날 때 다녀오면 다시 회복되곤 하는 친정은 내게 그런 곳이었다.

한 달 후 아버지의 첫 기일에 모두 다시 만나겠지만 제사 준비를 할 생각에 마음이 편치 않다. 각자의 신앙이 달라서 아버지의 죽음 앞에서도 문제가 되었던 간단히 해결되지 않는 종교적 갈등이 우리 앞에 기다리고 있기 때문이다. 우리 집에서도 이런 문제가 발생할 수 있는 것이구나, 처음으로 그 심각성을 느꼈었다. 자신의 종교를 우선순위에 두고 충실하려는 신앙심은 이해가 되지만 진정으로 부모님이 원하는 것이 무엇인지를 생각하며 작은 화합을 이룰 수는 없는 것인가 안타까운 마음이 든다.

이 모든 것을 잊고 함께 소통할 수 있었던 '엄마와 딸들과의 여행' 엄마는 진정 행복하셨을까? 가장 화려한 생신상을 혼자 받은 날이 정작 본인에겐 너무도 외로웠던 생일이 되었을 것 같은 마음에 애잔하다. 엄마의 웃음과 행복한 표정을 각자의 마음에 담아 돌아가는 우리만 행복했던 게 아니었을까? 엄마의 기억 속에 경주에서의 여행 추억이 얼마 동안 머무를 수 있을지는 모르지만 잠시나마 행복해하는 엄마의 모습을 우리가 기억할 수 있으니 그것으로 다행이다.

다음은 어디로 여행을 갈까 하는 기대감에 나의 귀로는 더욱 단축되고 편안해진다. 문득 이렇게 즐거워해도 되는 건지 엄마와 행복한 여행을 계획해도 되는 건지 아버지께 여쭤본다. 늘 나의 지갑 속에서 아버지는 여전히 환하게 웃고 계신다.

당신의 향기

아침이 되면 가장 먼저 하루를 맞이하는 것은 내 몸에서 후각기관을 담당하고 있는 '코'이다, 잠옷 냄새와 이불 냄새, 문틈 사이로 비집고 들어오는 밥 익어가는 냄새와 찌개 냄새를 맡으며 내가 살아 있음을 일깨워준다. 사람의 얼굴에서 가로로 생긴 것은 스스로 조정할 수 있지만, 세로로 모양 지어진 것은 우리가 어떻게 할 수가 없다고 한다. 그렇기에 들려오는 싫은 소리도 들어야 하고 숨쉴 때 들어오는 냄새도 어쩔 수 없이 맡아야 하는 게 자연의 섭리이다. 숨을 들이켤 때마다 무방비한 내 영역으로 자연스럽게 들어오는 갖은 냄새, 후각이 마비된 사람들을 제외하곤 우리의 일상을 지배하는 이 조용한 무법자에게서 벗어날 수는 없다.

뇌는 이 무법자들을 불쾌한 것과 기분 좋은 것으로 나누어 저장한다. 사람들의 입 냄새와 오랫동안 땀 냄새에 절여진 옷 냄새, 더운 여름날의 신발 냄새. 청국장 끓이는 냄새, 지하실의 습한 냄새,

봄비 맞으며 올라오는 먼지와 공기 속에 묻어나는 황사 냄새, 그리고 좁은 엘리베이터 속에서 진하게 풍겨 오는 남성 화장품과 너무 강렬해 숨이 막히는 어떤 여인의 향수 냄새. 타고 남은 담배꽁초 냄새 등은 대부분 사람들에겐 불쾌한 냄새로 여겨질 것이다. 엄마 냄새, 밥 짓는 냄새, 갓 목욕을 끝낸 아기의 파우더 냄새, 봄바람에 실려 오는 아카시아와 생일에 받은 프리지아 꽃향기 등은 우리에게 향수鄕愁를 불러일으키는 좋은 냄새로 기억되겠지만 향기는 주관에 따라 각자의 추억과 상황에 따라 달라질 수도 있을 것이다. 모든 사람들이 다 좋아하는 향기란 없는 것이다.

사람들은 자신만의 좋은 향기를 간직하고 싶어한다. 단순하게 자신이 선호하여 선택할 수 있는 향기가 아니라 자연스럽게 자신에게서 품어져 나오는 그런 향기 말이다. 따스한 봄날 등나무 꽃향이 되거나 가을 들판에 흐드러지게 핀 들국화 향기, 눈 속을 뚫고 올라오는 매화 향기. 수선화처럼 은은한 향이거나 또는 장미나 라일락, 치자, 동백, 만리향 같은 강렬한 꽃향기가 될 수도 있겠다. 그러나 그런 향기는 한순간에 간단히 만들어질 수 있는 향이 아니라 오랜 세월 그 사람이 살아왔던 삶에 마음과 아름다운 추억들이 씨실과 날실로 만나 문양을 이루어가듯 하나의 향기가 만들어지는 것이다. 그런 것을 '사람의 향기'라고 말하고 싶다. 사람의 향기란 물이 오르면 바람이 불지 않아도 스치는 옷자락에서 자연스럽게 풍겨나와 주변을 따뜻하게 품어주는 편안함을 건네는 향기이며 불미스러운 향기에 녹아들지 않는 고고한 향이다.

오로지 향기에만 탐닉하여 연쇄살인까지 스스럼없이 저지르는 파트리크 쥐시킨트의 소설 『향수香水』가 생각난다. 주인공 장 바티스트 그르누이는 뛰어난 후각을 지닌 천재적인 조향사이지만 태어날 때부터 그에게는 자신의 향기가 없었다. 그래서 그는 향기에 집착했고 자신만의 향수를 만들어 그 향수로 세상을 지배하고 싶었다. 아름다운 여인들의 향기를 채취하여 마침내 그가 열망했었던 마지막 25번째 여인의 향기로 최고의 향수를 만든다. 그러나 사람들이 미친 듯 열광하는 그 향기를 정작 본인은 맡을 수가 없었고 진정한 자신의 향이 될 수 없음에 허무함을 깨닫게 되자 그르누이는 자신이 태어난 곳, 죽음의 냄새가 들끓는 파리로 돌아가 미천한 삶을 살고 있는 사람들에게 최고의 향수를 뿌린다. 자신의 몸을 내어주고 그들에게 환희의 시간을 선사한 것이다. 그것은 세상을 향한 그의 분노의 표출이었고 그르누이만이 할 수 있었던 복수이다. 어쩌면 그의 내면에서 이미 예고되었던 결말의 충격과 향수에 대한 비뚤어진 그의 천재적 욕망이 처절하게 가슴에 남아 있는 스토리이다.

동물들이 동종과 이성의 페로몬에 끌리듯이 남자도 여자의 아름다운 향기에 유혹되는 것이 일반적이지만 대부분의 여성은 남성들의 관심을 끌고 유혹하기보다는 스스로 꽃이 되고 싶은 마음

또는 자신의 미에 정점을 찍기 위해 향수를 사용하는 것이 아닐까 싶다. 마치 화룡점정畵龍點睛으로 그림의 완성을 꿈꾸는 화가처럼 작품에 대한 완결로 마지막 향수 한 방울을 더한다. 본인이 창출해낸 이미지에 미의 향기를 도출해내는 것이다.

첫 월급을 받은 날 가장 먼저 구매한 것이 향수였으며, 향기가 날 때마다 스스로 우아하다고 느끼며 그렇게 자신을 위안하고 도취하면서 살아왔다. 결혼한 지 오래지 않아 부부동반 모임에 참석하기 위해 한껏 치장하고 향수를 뿌리자 남편은 어디서 똥 냄새가 난다고 했다. 온통 남자들뿐인 집에서 향수라고는 맡아본 적이 없는 환경에서 자란 사람이라 이해는 하지만, 발끈하여 냄새도 구분 못하냐며 다툰 적이 있다. 그 후로 남편을 위해서도 아이들을 위해서도 향수의 사용을 자제하는 편이었다.

훗날 향수의 원료 중에서 고래가 소화불량으로 생긴 용연 향이나 사향고양이에서 채취한 시베트 향, 사향노루에서 채취한 머스크 향 등도 향수의 소재가 된다는 사실도 알게 되었다. 그리고 최고의 커피라고 찬사를 받는 루왁 커피도 사향고양이의 배설물에서 나온 원두를 사용했고 그 외 다람쥐똥, 족제비똥에서 만들어지는 향긋한 커피도 있지 않은가? 악취와 향기는 주관의 차이이며 한 끗 차이인 것 같다. 푹 숙성시켜 암모니아 냄새 진동하는 홍어를 맛있게 먹는 사람에겐 악취가 아니라 식욕을 돋워주는 좋은 냄새로 기억되겠지만 나는 아직 어린 입맛인지 숙성시킨 홍어회에 대한 맛을 모르겠다.

자신에게 아무리 좋은 향이라도 상대방의 기호에 따라 달라지고 자신의 몸 컨디션에 따라 좋은 냄새가 나쁜 냄새도 될 수 있다는 것을 막내를 가졌을 때 처음 알았다. 평소에 좋아했던 밥 짓는 향이나 구수한 누룽지 향이 갑자기 싫어지고 반찬 냄새도 거북하여 식사 준비하는 것이 고역이었다. 밥 냄새가 싫어서 생쌀을 씹어먹은 적도 있었는데 그때의 내 후각은 지나치게 민감하여 어떤 냄새도 받아들이지 못했다. 각종 반찬 냄새와 샴푸, 화장품 냄새는 물론 향수 근처에도 갈 수 없었다. 몇 개월간 숨을 참으며 샴푸하고 로션도 바르지 못하고 제대로 먹지도 못한 채 사람들 냄새도 싫어 거의 수도승에 가까운 은둔생활을 하며 지냈었다.

임신 초기 입덧이 생기고 후각이 예민해지는 것은 먹는 것을 가려서 먹기 위함이고 아기를 외부의 위험으로부터 보호하기 위하여 본능적인 감각이 발달한다고는 하지만 아주 유별난 아기가 태어날 것이란 생각을 했었다. 아니나 다를까 입맛이 까다로운 아기가 태어나서 배가 고파서 울지언정 우유젖병 꼭지를 입에 대지도 않았다. 막내로 태어나 소외당할까 본능적으로 두려움을 느꼈던 것인지 잠시도 손을 떼지 못하게 나를 힘들게 했었다. 초등학생이 되어서도 잘 먹지 않아 많이 걱정하였는데 다행히 지금은 잘 먹는 건장한 청년이 되어 있다. 천성적으로 후각이 발달한 것인지 지금도 냄새에 대해서는 민감한 편이다. 옷에서 나는 땀 냄새도 청국장 같은 냄새 많이 나는 음식도 싫어하는 편이다.

향은 고대 이집트에서부터 사제단과 종교의식에 주로 이용되었는데 향이 좋은 연기가 더 빨리 신에게 닿아 자신들의 소원을 들어줄 것이라는 믿음 때문이었다. 그 후 향수가 개발되어 왕족이나 귀족들의 사치품으로 바뀌었고 클레오파트라는 전속 조향사를 두어 요일마다 다른 향을 만들어 사용했다고 한다. 중세 유럽에서는 물이 병원균을 옮긴다는 그릇된 인식에서 몸을 잘 씻지 않아 악취가 심하여 냄새를 가리기 위해 향수를 사용했다고 한다. 남녀 불문하고 향수를 사용했는데 비싼 향수가 부의 상징이 되었다고 한다.

"향기는 단지 코끝을 감도는 좋은 냄새가 아니니다 즉 영혼의 문을 여는 열쇠이다"라고 향수 전문가가 얘기했듯이 오늘날의 향수는 단순히 자신의 미모를 돋보이게 해줄 기호품뿐으로만 아니라 마케팅에 이용되는 시대가 되었다. 도서관에는 오래된 서가의 향을 입히고 가게에는 직원을 신뢰할 수 있게 하는 은은한 향수를 분사한다. 더운 여름에는 페퍼민트 향을 쇼핑몰에 투여하여 실제 온도보다 2~3도 더 시원하게 느껴지게 하며 관광지 호텔 로비에는 야자수와 휴가를 연상시키는 코코넛오일 향을 퍼뜨려 카지노 매출을 올리기도 한다. 대형 마트 입구에는 빵집을 배치하여 갓 구운 크루아상과 모닝빵의 향기로 고객을 유혹하며, 프레쉬한 향으로 입사 면접에서 좋은 점수를 받을 수도 있고 누군가는 아로마 향으로 병을 치유하기도 한다. 그만큼 향기가 우리 생활과 밀접하게 연결되어 있다는 것이다.

꽃향기에서부터 과일 향까지 향기의 종류도 다양하지만, 자신에게 맞는 향을 찾아내는 것이 중요하다. 아무리 비싼 향수라 할지라도 향이 자신과 맞지 않으면 좋은 향수가 될 수 없고 그 향기만으로 자신을 돋보이게 할 수는 없을 것이다. 나도 중년이 되어 오랫동안 자신에게 내재된 참된 인간성과 교양. 지식으로 자신만의 원숙하고 독특한 향기를 만들고 싶었다. 바람이 불지 않아도 살짝 스치는 옷자락 끝에서 자연스럽게 풍겨나오는 은은한 사람의 향기, 그것은 가을 햇살을 충분히 받은 아람처럼 보는 이로 하여금 풍성함과 여유를 느끼게 하는 그런 향기이면 좋겠다는 생각을 한다.

몇 해 전 내가 입기에는 작은 옷을 딸에게 입어보라고 준 적이 있는데, 딸이 옷을 받아들자 엄마 냄새가 난다는 것이었다. 향수를 뿌리지 않아 좋지 않은 냄새가 나는 것인가 염려했는데 딸이 엄마에겐 언제나 은은한 향기가 난다는 것이었다. 곁에서 아들이 거들었다 "응 맞아 엄마 냄새가 있어" 하는 것이었다 순간 내게도 나만의 향기가 있었구나 하고 잠시 기뻤다.

사람마다 자신의 향기가 있는데 더욱 진하고 새로운 향기를 입히기에 급급해 본연의 향을 상실하고 있지는 않은가. 과유불급過猶不及. 아름다운 향도 지나치면 누군가에겐 민폐가 될 수도 있다. 내면에서 은은하게 풍겨오는 선한 향기에 자신의 분위기에 맞는 향수를 살짝 곁들이면 어떨까. 에센스 한 방울이 자신의 아름다움을 조금 더 돋보이게 하고 자기 연출의 마지막을 장식해주는 화룡점정이 된다면 부드러움과 믿음을 주는 어떤 사람이 내 곁에 있다고 누군가는 생각하지 않을까 싶다. 오랜 시간에 걸쳐 숙성된 깊은 내면의 향기. 누구나가 좋아할 수 있는 사랑스러운 당신의 향기를 만드는 조향사가 되어 자신의 향을 디자인하자.

나는 플로랄 향을 가장 좋아한다. 그다지 강렬하지 않고 편안한 느낌을 주며 나를 가장 나답게 만들어주기 때문이다. 향수가 외모를 돋보이게 해줄 수는 없지만, 자신이 만들어가는 진정한 향수는 아름다운 생각들과 자신감, 사람들과 어울려 곰비임비 즐거움이 샘솟는 동력이 된다. 그것은 장 바티스트 그르누이가 만든 세상을 지배하는 최고의 향수는 되지 못할지라도 내 주변의 사람들을 행복하게 하고 따뜻함을 나누어주며 자신의 인생을 아름답게 완성해가는 그런 향수가 되지 않을까 기대해본다.

이해와 오해 사이

점심시간이 되었는데도 도시락은 배달되어 오지 않았다. 늘 1시가 되면 "식사 왔습니다" 하고 도시락이 도착하는데 10분이 지나고 시계가 15분을 가리키는데도 조용하다. 어쩔 수 없이 중화요릿집에 짜장면을 주문했다.

점심 메뉴가 늘 고민이었던 차에 가까운 곳에 지인이 운영하는 식당에서 도시락을 배달한다고 하여 매월 선결제로 점심을 대먹은 지 어언 3개월, 새로운 달이 시작하는 오늘은 바빴던 터라 전화를 못했고 식당에서도 문의전화가 없었기에 당연히 어제처럼 점심이 배달되어 올 것이라 생각했던 것이다. 점심을 짜장면으로 때우고 두어 시간이 지나고 곰곰 생각해보니 식당 주인의 무심함이 서운해지기 시작했다. 점심을 가져다주지 않으면 우리가 식사를 어떻게 할지 걱정도 되지 않았던 것일까? 최소한 점심시간이 다가오면 전화라도 해줬어야 하는 게 아닌가? 측은지심測隱之心이

없는 그녀에게 서운했다. 몇 달 동안 식당과 나 사이에 어느 정도 신뢰감이 형성되었다고 생각한 건 나만의 착각이었던가. 2인분만 시키는 게 미안해서 늘 선결제를 해주는 것이었는데 쓸데없는 호의였나 싶기도 했다. 전화도 주지 않고 식사를 배달해주지 않은 이유는 무엇일까 하고 곰곰이 생각해보았다.

첫 번째, 상대가 주문할 생각을 하지 않고 있는데 먼저 전화하는 것이 고객에게 오히려 부담을 줄까 해서, 두 번째, 전화하는 것이 구차스럽고 자존심이 상하는 일이어서, 세 번째, 전화 오면 도시락 갖다주고 전화 오지 않으면 그만이라는 시니컬한 성격이어서? 처음에는 첫 번째 이유에 가깝다고 생각했다. 마음이 여린 사람은 그럴 수 있겠다는 생각이 들긴 했다. 그러나 기왕에 식당을 시작한 이상 매출에 신경쓰지 않을 수 없고 조금 더 적극적인 영업 마인드를 지녀야 한다는 게 내 생각이다. 두 번째 이유도 가능성이 있다. 월식 계약을 하자고 내 쪽에서 먼저 전화하는 것이 왠지 자존심에 금이 가는 일이라고 생각할 수도 있다. 세 번째 이유처럼 순전히 계약에 의한 관계라고 냉정하게 생각할 수도 있겠지만 사람과 사람 사이에서 제일 중요한 건 신뢰이고 상대에 대한 배려이다. 밥집을 하는 사람이라면 단골손님이 오지 않으면 점심을 어떻게 하는지 염려되고, 그리고 입에 맞는지, 고객들이 어떤 반찬을 좋아하고 건강에 도움이 되는 반찬은 어떤 것인지 상대의 마음을 읽는 것부터라고 생각한다.

결국, 이틀이 지났고 식당 주인인 그녀와 나 사이에 틈이 생기고 갈등이 발생하며 사실상 자존심 대결이 시작되었다. "우리 식당이 아니면 점심을 어떻게 해결하겠어?" 하는 주인 모습을 상상하니 식당 쪽에서 마치 우리에게 갑질을 하는 느낌마저 들기 시작했다.

집에서 아이들의 의견을 물어보자 토론의 장이 되었다. 처음부터 몰랐던 사이도 아닌데 아들은 식당 주인의 태도가 이해가 안 된다고 하였다. 전화해서 물어보지도 않고 무작정 식사를 가져오지 않는 것은 너무 무책임하다고 했다. 단체급식을 맡고 있는 딸과도 통화하며 이 문제에 관한 얘기를 나누어보았다. 당연히 내 편을 들어줄 줄 알았던 딸은 내 생각이 잘못되었다고 했다. 달이 바뀌면 계속 먹을 것인지 어떤지 먼저 전화를 해줘야 알지 식당 쪽에서는 당연히 전화가 없으니 식사를 가져오지 않았을 것이라고 했다. 몇 달째 거래하는 사이라면 무언의 신뢰로 자연스럽게 식사를 준비해서 올 수 있는 거 아니냐고 내가 반박하자 식당 쪽에서는 주문받는 대로 준비하지 굳이 전화해서 물을 필요가 없다고 딸은 말했다. 내가 예전부터 알고 지내던 사람들인데 어떻게 그럴 수가 있냐고 하자 "아는 사이라서 전화해서 물어보는 게 더 불편할 수도 있지 않을까?" 라고 했다. 이것은 세대 차이에서 오는 것인가?

옛날엔 마땅한 반찬이 없어도 식사 한 끼 대접하는 게 정으로 생각되는 시대가 있었다. 식사하셨냐고 묻는 게 인사가 될 만큼 밥 한 끼에 무한한 정이 묻어나는 민족이었다. 외상으로 밥을 주기도 얻어먹기도 한 구시대를 살아온 사람이라서 내 생각도 그렇게 굳어 있었다. 선불로 계산하지 않아도 설령 재계약을 할까 고민이 되더라도 밥 한 끼 가져다주면 안 되었나, 가져오면 당연히 계산을 할 텐데라고 구태의연하게 생각하고 있었나 싶기도 했다. 사회적 통념적 기준을 적용하면 식당 쪽은 잘못이 없다는 것을 나 또한 인지하고 있다. 나는 도덕적 기준과 관심을 얘기하는 것이다. 한솥밥을 먹은 지 세 달이면 점심을 어떻게 하고 있는지 최소한의 관심이라도 가져주기를 바랄 뿐인데 전화 오면 가져다주고 연락 없으면 안 가져오는 게 원칙적으로 맞다 하더라도 말이다.

딸과 나는 지금껏 사고방식과 의견이 거의 일치하는 편이었는데 이번만은 생각이 달랐다. 『정의란 무엇인가』의 저자 마이클 샌델 교수에게 물어보고 싶을 만큼 궁금해지기 시작했다. 그의 이론을 바탕으로 전개해본다면 식당과 나는 식비를 매월 선지급함으로써 암묵적 합의가 되었다고 볼 수 있다. 실제 계약에는 자율과 호혜라는 두 가지 이상을 실현하는 한 도덕적 무게를 갖는다고 한다. 식당과 나의 관계에 있어 식당은 이익을, 내 쪽에서는 편의를 제공받고 있다. 새로운 달에 대한 비용을 아직 선지급한 것은 아니므로 완전한 계약에는 이르지 않는다고 하더라도 이미 몇 달을 계약을 유지했고 분명하게 거절할 의사를 밝히지 않았으므로 그

계약 관계가 잠재적으로 이월되었다고 가정한다면 식당 측은 나에게 손해를 끼친 게 되는 것이다. 그래서 사실상의 계약이 아니더라도 도덕적 불평은 존재할 수는 있는 것이라고 결론을 내렸다.

이 글을 쓰면서도 식당과 나의 잘잘못을 따지려는 것이 아니다. 단지 자식과 부모의 세대 차이라는 것에 대하여 생각해보고 싶었을 뿐이다. 지인이 하는 식당을 이용한 지 3개월. 계속 이용해주는 것이 인연의 도리라는 생각이었고 가끔 식단이 마음에 들지 않더라도 칼로 무 자르듯이 거래를 자를 수는 없다는 것이 내 생각이지만 딸은 마음에 들지 않으면 거래를 하지 않는 것이 서로를 위해서 좋고 싫증나면 다른 데로 바꾸고 좀 쉬었다 먹는 것도 방법이라고 말한다. 그것이 젊은 사람들과 기성세대들의 차이인가보다. 순간 내 사고가 지나치게 명분에 사로잡혀 있고 구세대적인 사고방식이며 형식에 얽매여 있다는 생각이 들었다. 지나치게 남을 의식하여 윤리적 도의에 치중하면서도 정작 마음속에는 여유가 없다보니 쉽게 넘길 수 있는 것도 심각하게 고민하는 것이었다. 정 맘에 들지 않으면 관계를 떠나서 식당을 바꾸면 되는 것이고 계속 도시락을 배달받고 싶으면 전화하면 되는 것이었다.

며칠 후 나는 도시락을 배달해달라고 전화했다. 식당 주인은 반갑게 전화를 받았고 자연스럽게 우리 관계는 이어졌다. 그동안 왜 도시락을 가져오지 않았느냐는 질문에 그녀는 웃으면서 계속 먹다보면 싫증이 나서 전화 안 하는 분들이 있어서 그래서 식사를 주문하지 않는 줄 알고 있었다는 것이다. 내가 그만한다고 전화하기 전까지는 계속 도시락을 갖다달라고 얘기했고 그녀도 흔쾌히 그런다고 했다. 이로써 어색했던 혹은 어색하다고 여겼던 우리의 관계는 정리되었다. 이해와 오해 사이에서 해결의 실마리를 찾은 것이다. "맛있게 드세요." 도시락을 두고 가는 그녀의 목소리가 유달리 경쾌하게 들렸고 살짝 웃는 그녀의 화사한 뒷모습이 봄볕에 빛났다. 나의 옹졸함이 그녀의 미소에 녹아내렸다.

첫인상

사람과 사람이 만나 첫인상을 느끼고 결정하는 순간은 단 5초면 된다고들 한다. 그러나 그건 한번의 만남으로 결정해야 하는 면접이나 큰 계약을 성사시키거나 남녀의 맞선을 보는 그런 경우에만 해당될 듯하다. 보통 인간관계는 첫 만남으로 그 사람의 모든 것을 알 수 없다는 것이 여러 사람들과 반복적인 만남을 통해 얻게 된 나의 경험이다. 같은 사람들을 반복적으로 만나다보면 첫인상에서 받았던 느낌이 더 나빠지는 경우도 있고 반대로 까칠하고 깐깐한 느낌을 주었던 첫인상이 만날수록 부드러워지고 진솔함이 묻어나는 그런 사람이 있기도 하다.

사람을 만나는 건 단순한 일이 아니며 또한 그 관계를 원활하게 유지한다는 일은 더더욱 어려운 일이다. "사람이 온다는 건 실은 어마어마한 일이다. 그는 그의 과거와 현재와 그리고 그의 미래가 함께 오기 때문이다. 한 사람의 일생이 오기 때문이다." 정현종 시인의 시 「방문객」 중 한 구절이다. 그래서 나이가 들수록 새로운 사람을 만나는 일이 조금씩 두려워진다. 만남은 경이로운 일이기도 하지만 때론 엄청난 에너지를 필요로 할 때도 있다.

어느 봄날 젊은 남녀가 다정하게 한의원으로 들어왔다. 남자는 우리나라 사람으로 허리가 아파 진료를 받으러왔고 여자는 외국인으로 호기심에 따라온 것 같았다. 그 여자의 언어는 흔히 들어본 프랑스어도 러시아어도 아닌 강한 톤의 남미 계통 언어로 들렸다. 키가 그리 크지 않고 가무잡잡한 피부와 밝은 갈색 머리의 명랑하고 밝은 성격의 첫인상으로 기억되는 아가씨였다. 대화를 나누는 남자에게 어느 나라 말이냐고 물었더니 '포르투갈어'라고 했다. 유창하게 대화하는 남자가 부럽기까지 했다. 잠시 후 남자는 물리치료를 시작했고 그녀는 같이 따라들어오고 싶어했지만 다른 환자가 계셔서 곤란하다고 대기실에서 기다리라고 했다. 그녀는 큰소리로 불만을 토로했다. 언뜻 보기에도 화가 난 듯했다. 문을 쾅 닫고는 밖으로 나가버렸다.

잠시 시간이 흐른 뒤 다시 진료실로 들어와서 큰소리로 뭐라고 얘기했다. 나는 짧은 영어 실력으로 나가서 기다리라고 했지만 알아듣지 못하는 포르투갈어로 계속 소리를 질러댔고 남자는 침구실 안쪽에서 어떤 말로 진정시키는 듯했지만 막무가내였다. 두 사람의 언성이 점점 높아지자 남자는 치료를 받다가 도저히 안 되겠다며 미안해하면서 나왔다. 치료실로 들어오지 못하게 해서 여자 친구가 몹시 화가 났다는 것이었다. 죄송하다고 사과를 하고 서둘러 데리고 나갔다. 한순간 폭풍이 지나간 듯했다. 한참 동안 놀란 마음을 진정시키고 있다보니 들어오시는 환자분이 복도로 나가 보라고 했다. 커피가 계단과 벽에 온통 갈색으로 얼룩져 있었다. 그녀가 화를 참지 못하고 일회용 커피잔을 바닥에 내팽개친 모양이었다. 순간 섬뜩했다. 활달하고 밝아보였던 그녀의 첫인상은 여지없이 구겨져 휴지통에 처박혔다.

몇 년이나 지났지만 아직까지 기억이 생생하다. 문화의 차이인지 언어 소통의 문제인지 지금도 이해 못할 그녀의 행동이었지만 지구상에는 여러 종류의 사람들이 있겠거니 마음을 다잡았다. 누군가를 존중하고 타인에게 피해를 주지 말아야 할 에티켓은 어느 나라에든 있을 법한데 남이 못하게 한다고 해서 투정을 부리는 것은 유아기적 사고방식에서 벗어나지 못한 것 같다는 생각이 든다. 2세들에게 어떤 상황에서도 이성을 잃지 않고 자신의 감정을 제어할 줄 아는 극기와 남에게 피해를 주지 않는 도덕성은 키워주어야겠다고 다짐해본다.

H는 7년째 일주일에 2회씩 빠짐없이 침치료를 받으러 온 환자였다. 중풍으로 오른쪽 팔과 다리에 마비가 와서 비와 눈이 많이 내리는 날 빼고는 빠짐없이 치료를 받으러 오셨다. 한결같은 미소로 이제는 젓가락질도 잘할 수 있다며 오늘은 그릇을 놓치지 않고 설거지도 잘했다며 그때그때 좋아진 부분을 상세하게 설명하며

자랑하곤 했다. 불편한 몸을 이끌고 계단을 올라오기도 힘들 텐데도 우편함에 있는 우편물도 가져다주고 가끔 손에 간식까지 사들고 힘겹게 올라오는 것이었다. 그리고 해마다 크리스마스 땐 잊지 않고 케이크를 꼭 챙겨주는 고마운 분이셨다. 그럴 때마다 더욱 치료를 잘해드려야겠다는 책임감을 느끼곤 했었다. 7년 동안 우리를 깨닫게 하고 사명감을 길러준 H를 못 뵌 지가 오래인데 요즘은 잘 계시는지 안부가 궁금하다.

이렇듯 좋은 첫인상이 끝까지 가는 분도 있고 처음에 무뚝뚝하게 대답도 잘하지 않던 분이 점점 재밌고 친근감이 가는 분으로 바뀔 때도 있다. 결혼해서 얼마 지나지 않아 시아버님이 도련님을 장가보내려고 선 자리를 만들었고 공교롭게도 내가 주선한 선 자리와 겹쳤다. 아버님이 마련한 선 자리에 다녀온 도련님이 아가씨의 첫인상이 썩 끌리지 않는다고 고민을 한 적이 있었다. 나는 첫인상이 별로면 다시 안 만나도 된다고 조언을 하다가 시아버님께 된통 혼난 적이 있었다. 한번 보고 어떻게 아냐면서 내게 호통을 치신 것이었다. 도련님의 결혼 문제로 신경이 쓰이던 차에 내가 불을 지핀 꼴이었다. 시집와서 처음 들은 꾸지람이어서 서러움으로 얼굴이 눈물범벅이 되었지만 생각해보면 그 말씀이 틀리지 않다는 것을 아버님이 돌아가시고 세월이 한참 지나 아버님 나이가 될 즈음에야 알게 되었다.

제2차 세계대전이 발발할 즈음 히틀러가 체코슬로바키아의 독

일어권 지역인 주데텐란트를 침략하겠다고 호기를 부렸다. 그때 영국 수상이었던 네빌 체임벌린이 세계대전만큼은 막고 싶어서 히틀러와 협상을 제안했다. 그때 히틀러와 벌인 협상이 연합국 측의 커다란 실수 중 하나로 여겨지는데, 히틀러는 주데텐란트만을 원하고 믿을 만한 사람이라고 공표했다. 하지만 그 후 히틀러는 세계대전을 일으켰고 결과는 참담했다. 히틀러가 체임벌린의 손을 잡고 진지하게 대화를 하자 그를 믿었던 것이었고 그의 첫인상에 속은 것이었다.

대부분의 사람은 한번의 만남으로 그 사람의 모든 것을 알 수가 없지만 단지 우리가 다 파악하고 잘 알고 있다고 착각하는 것이라고 어떤 작가는 말한다. 누구에게나 믿음을 주고 신뢰받을 수 있는 한결같은 사람이 되자. 내가 살아가면서 지향하고 있는 것 중의 하나이다. 첫인상도 중요하지만 더 중요한 것은 남에게 폐를 끼치거나 불편함을 주지 않고 자신의 삶을 진실하게 살아가는 것이라고 교과서적인 답을 낼 수밖에 없다.

첫인상은 억지로 만들어낼 수 있는 것이 아니라 그동안 쌓아온 내면과 올바른 성품, 성격 등 모든 것이 어우러져 얼굴에 나타나는 것이다. 아울러 진실을 가려낼 수 있는 자신의 지혜와 안목을 높여야 한다. 그것이 모두가 잘 살아갈 수 있는 건전한 사회의 밑거름이 될 수 있을 것이다. 문득 나를 돌아보면 잘 살고 있는 건지, 나 자신에게 속고 있지는 않는지 가끔은 의심이 들기도 한다.

축산항 유허비

바람이 몹시 부는 날 아이들과 영덕에 있는 콘도에서 하룻밤을 보내고 동해안 해파랑길을 조금 걷기로 했다. 잠시의 틈도 주지 않고 쉴 새 없이 바람이 몰아치는 가혹한 날씨였다. 축산항에 이르자 남편은 무슨 생각에서인지 따라오라고 했다. 아이들은 길잡이인 아빠를 따라 무던히 언덕길을 올라갔다. 중턱쯤 가다보니 바람마저 비껴간 따뜻한 볕이 내리쬐는 조용한 언덕이 있었다. 잠시 바람의 소란스러움에서 해방되어 주위를 둘러보니 바다 경치가 여유 있게 눈에 들어왔고 바다와 내륙의 경치를 골고루 바라볼 수 있는 자리에 큰 기념 비석이 우뚝 서 있었다. 당안렴사증시영의남공민유허비唐按廉使贈諡英毅南公敏遺墟碑라고 새겨져 있었다. 남편은 아이들에게 어떤 비석인지를 설명해주기 시작했다. 남 씨의 시조始祖 남민 할아버지에 관한 이야기였다.

신라 경덕왕 14년(서기 755년) 당나라 사신 김충金忠이 일본에 사신으로 갔다가 돌아오는 길에 태풍을 만나 표류하다가 조그마한 섬 죽도에 닿았으니 지금의 영덕군 축산이었다. 그때의 나이 40세. 그가 신라에 정착하기를 원하여 경덕왕이 당나라 현종에게 사신을 보내어 물으니 현종은 그곳에서 직책을 내려 당조의 문물을 동국東國에 미치게 하라고 하였다. 김충은 신라 경덕왕을 보필하고 당나라에서 천자들이 애독하는『정관정요貞觀政要』라는 정치론집을 엮어 올렸다. 경덕왕은 예우를 다하여 대접하고 김충의 고향이 중국 여남汝南이고 남쪽에서 구사일생으로 살아왔다고 하여 남南 씨라는 성을 내렸고 이름은 '영민하다' 하여 민敏이라 하고, 영양英陽을 식읍食邑으로 내려 그곳에 살게 하였다. 훗날 '영의공英毅公'이라는 시호를 내렸다.

남민 할아버지가 이곳 축산항으로 들어오신 것을 기념하기 위하여 세운 비석이라며 설명하자 이제 성인이 된 딸과 아들은 아빠의 말을 주의 깊게 경청하였다. 어릴 때부터 1년에 한번 집안 종손을 비롯해 친척 어른과 그 자손들이 모두 모여 시제時祭를 지내는 행사에 빠지지 않고 참석했으나 어떤 할아버지의 묘인지 어떤 행사인지도 모르고 쫓아다니다가 철이 들 무렵부터 관심을 가지기 시작했다. 자기의 뿌리에 관심을 두기 시작한다는 건 조금씩 철이 들고 어른이 되는 문으로 한 걸음 다가가는 일이다.

내가 중학생이 될 무렵부터 아버지께 들었던 말씀은 “너희는 가락국 김수로왕의 후손들이다. 가야국 중에서 가장 큰 금관가야의 김수로 왕이 우리 시조이시다”라고 강조하셔서 김수로 왕의 후손이면 우리가 공주가 되는 건가?라고 착각한 적도 있었다. 실제로 아버지가 종친회장을 맡고 계실 때 김해 김수로 왕릉에서 열리는 제향에 따라가 멀찌감치 떨어져서 구경한 적이 있었다. 아버지는 높은 관직의 신하처럼 복식을 차려입고 가장 앞자리에서 의식을 진행하고 계셨다. 아버지가 그렇게 품위 있고 멋있어 보이긴 처음이었다. 부모님은 조상님 얘기만 나오면 서로 양반이라고 우기실 때가 있었다. 아버지는 김수로 왕의 후손이라 하고, 어머니는 전주 이 씨 가문에 세종대왕 후손이라고 반박하시곤 했다. 현대를 살아가는 우리로선 의미를 두기 어렵지만, 조상이 누구인지 시조가 누구인지 자기의 뿌리 정도는 기억해야겠다는 완고한 생각을 해본다.

결혼해서 처음 시제에 참석할 때는 ‘꿔다놓은 보릿자루’ 마냥 모든 게 어색할 뿐이었다. 아무리 설명을 들어도 기억하기 쉽지 않은 얘기들뿐이었다. 10년이 지나고 또 한번의 강산이 변한 뒤 나는 서서히 남 씨 가문 며느리가 되어가고 있었다. 내가 일본에서 지낼 때 일본인 선생님들이 웃으며 남 씨 가문에 가면 남 씨 전통 김치 만드는 법을 배워야 진정한 남 씨 집안사람이 되는 거라고 놀리셨는데 이젠 그 의미를 알 때가 된 것 같다. 우리나라에 들어온 지 몇 년 후에 그분들을 만났을 때도 “남 씨 집안 김치 만드는 법 잘 배웠습니까?” 하고 농담하곤 했다. 이젠 남 씨에 대한 자부심이 생겨 텔레비전을 보다가도 남○○ 하면 다시 한번 보게 된다. 집안 어르신들 얼굴도 거의 기억하고 존경하는 마음이 조금씩 생겨나는 것이었다.

아이들도 아빠의 설명에 집중하며 조금씩 어른이 되어가는 것 같아 마음이 뿌듯했다. 나도 곁에서 김해 김 씨에 대한 설명도 슬쩍 곁들인다. 뿌리에 관심을 가진다는 건 효에 대해서도 자연스럽게 알아가는 과정일지도 모른다.

부모를 죽이거나 자식을 죽이는 인면수심의 범죄행위 존속살해의 기사를 볼 때마다 마음이 아프다. 어떤 인연으로 이 세상에 태어났을까 하는 안타까움과 가련함마저 들기도 한다. 자기의 뿌리인 조상들과 혈연관계에 관해 최소한의 관심을 가진다면 그런 끔찍한 범죄를 스스로 제어하는 윤리의식이라도 생겨 범죄발생률이 조금 낮아지지 않을까 하는 기대를 해본다.

족보에 관해 공부하거나 모여서 시제를 지내는 모습은 단순한 조상에 대한 예우가 아니라 조상님을 기억하고 그분들의 뜻을 기억하라는 의미와 일 년에 한번이라도 모여서 서로 인사하고 집안의 화목을 다지라는 의미가 담겨 있을 것이다. 조상의 근간根幹을 밝히는 일은 사회에 질서를 만들어감과 동시에 책임감도 함께 부여한다. 먼 훗날까진 아니더라도 나의 자식과 손자들이 조부님의 존재에 관심을 가지고 어떻게 살아오셨는지를 알게 되면 나의 발자취는 후대를 비춰줄 거울이 되는 것이다. 그 길이 여의찮다면 후손들을 위해서 스스로 길을 만들어 가야 한다. 그것이 어떠한 길이건 자신의 꿈과 진심이 담겨 있다면 그 길은 빛나고 후손들은 그 빛을 볼 수 있을 것이다.

30여 년 전 남편과 내가 처음으로 만난 날, 아버지는 남편의 조부님이 독립운동가이셨다는 말을 듣자마자 그런 분의 손주면 두 번 볼 필요도 없다고 바로 사위로 받아들이셨다. 이로써 위로 세 명의 박 씨 사위를 둔 아버지에게 남 씨 사위가 네 번째 사위가 된 것이다.

뿌리를 찾는다는 것은 우리가 어떻게 살아야 현명한 인생인지를 한번쯤 깨닫게 해주는 길잡이 역할을 해줄 것이다. 칼바람 몰아치는 겨울 같은 봄날에 바람이 잠시 쉬어가는 축산항 언덕, 남민 할아버지 유허비 앞에서 잠시 1,200여 년 전 그날을 음미해본다.

'사랑' 이제 너를 보낸다

전 세계적인 전염병으로 힘들다고 투정부리던 것이 1년이 지나 어느덧 3년째 접어들고 있다. 이쯤 되면 이젠 위기가 아니라 권태에 가까워지고 권태도 만성으로 빠져버린다. 어두운 일상에서 마주하는 지인의 부고, 바이러스에 유린당하는 인류의 목숨과 죽음에 대한 공포가 어느새 내 주위를 서성이고 있음에 가끔 소름이 돋는다. '삼가 고인의 명복을 빕니다' 한 줄로 가늠한 일괄적인 댓글들을 보며 내일의 시간이 오늘과 같지 않음을 바라며 어서 오늘이 가기를 기원한다. 암담한 마음에 책을 뒤적이며 눈동자는 활자를 쫓고 있지만 단단한 뇌에 부딪혀 부서진 언어들이 허공으로 어이없이 흩어진다. 기쁨과 희망이 있어야 할 자리에 분노와 좌절만 있고 슬픔이 뱀처럼 똬리를 틀고 앉아 있다.

멍때린다는 것도 새로운 창작을 위한 준비단계라고 누가 말했던가? 지금의 내게 멍때린다는 건 밥과 시간만 축내며 앉아 있는 식충에다 무뇌자이다. 내 몸과 영혼이 분리될 수 있는 유체이탈 능력을 부여받는다면 육신은 나의 일상을 지키고 내 영혼은 가고 싶은 데로 안데스 산맥과 지중해를 여행하고 아르헨티나로 가서 가장 넓은 이구아수 폭포를 구경하고 아이슬란드에서 오로라를 감상하며 그 신비로움과 아름다움에 빠져보는 것이다. 코로나 걱정이 없는 세상에서 맘껏 자유를 느끼고 올 수 있지 않을까 상상해본다. 습관처럼 리모컨을 만지며 영화, 뉴스, 스포츠, 다큐멘터리, 홈쇼핑 등을 서핑하다가 어느 드라마에 시선을 빼앗겼다. 죽음이 가장 가까이 다가와 있는 시점에서 어이없게도 나는 사랑을 갈망하고 있었다.

평범한 주부생활에 염증이 나 있는 주부라면 한번쯤 꿈꿔보았을 어떤 사람과의 사랑, 〈평일 오후 3시의 연인〉에서 여주인공 지은과 수아는 각자의 방식대로 진정한 사랑을 찾아가지만, 사람들은 그것을 '불륜不倫'이라 일컫는다. 첫 회를 보고 몇 회를 연달아 시청하면서 소박하고 평범한 사랑이지만 그들의 순수한 사랑에 매료되었다. 세상 사람들이 두 사람에게 불륜의 잣대를 들이댄다고 해도 그들은 메꽃의 꽃말처럼 서서히 깊숙이 서로에게 물들어 갔다.

지은은 남편이 애지중지하는 새 두 마리를 친자식처럼 키우며 대형 마트에 파트타임으로 근무하며 살아가는 평범한 주부이다.

한때 작가를 꿈꾸었으나 현실에 안주하며 결혼 생활에 최선을 다하며 살아간다. 그녀의 남편은 오직 새들에게만 맹목적인 사랑과 관심을 쏟으며 아내의 건강과 외로움에는 무관심하기 짝이 없다. 어느 날 앞집 고급 주택으로 이사온 이웃집 여인 수아가 젊은 남자와 마트 구석에서 열렬히 키스하는 장면을 목격하고는 혐오스러움에 치를 떨며 불륜은 불결한 자들이나 하는 것이라 치부한다. 남편의 무관심에 몸도 마음도 지쳐가는 주인공은 마트 물건을 정리하다 충동적으로 바닥에 떨어진 립스틱을 훔치게 된다. 그 현장을 수아에게 들키게 되자 그녀의 불륜을 감춰주기 위해 거짓 알리바이를 진술하게 되며 그녀와 엮이게 된다.

그때 피의자 학생의 담임인 운명의 그와 만나게 된다. 그는 미국에서 공부한 엘리트 생물학자이지만 사회적 지위와 명예를 중요시하는 아내가 부담스러워 혼자 귀국하여 식물을 연구하며 대안학교에서 생물을 가르치고 있다. 두 사람은 숲길을 산책하며 식물에 관해 이야기하며 서로를 이해하고 공감하며 서서히 마음을 연다. 그러나 두 사람의 사랑이 깊어질수록 죄책감은 더욱 그들을 괴롭혔고 주변의 질책과 죄인이라는 굴레에서 벗어날 수 없었던 두 사람은 서로를 포기할 수밖에 없었다. 넋이 나간 그녀를 보다 못한 남편은 새장 속의 새를 놓아주듯 결국 그녀를 자유롭게 해주었다. 두 사람은 각자의 생활 속으로 돌아가 몇 년의 시간이 흐른 뒤 우연히 재회하게 된다.

수아는 잘나가는 출판업계 대표의 부인으로서 아내와 엄마 역할을 완벽하게 해내는 현모양처이다. 자신의 가정과 아이들에 대한 사랑은 누구보다 깊지만, 가끔 남편이 자신을 무시하는 모멸감을 견디기가 힘이 든다. 어려워진 집안 형편으로 발레리나의 꿈을 접고 결혼을 선택한 그녀에게는 못이룬 꿈에 대한 절망감과 허무가 늘 그녀를 따라다니고 그 허무함을 뭔가로 채우고자 남자를 갈구한다. 평일 오후 3시가 그녀의 사냥 시간인 셈이다.

어느 날 남편은 사업목적으로 젊은 천재 화가를 집에 초대한다. 그녀와 화가는 처음으로 사랑의 전율을 느낀다. 그 후 그의 작품 모델이 되어 그와의 사랑을 불태우는 대신 엄마로서의 자격을 상실하고 부유함도 포기해야 했다. 아이들에 대한 그리움을 감내하며 사랑을 택한 대가를 모질게 치러야만 했지만, 그녀는 더 이상 「인형의 집」의 '노라'가 아니었다. 작업을 하는 연인의 곁을 지키며 그를 위해 아침과 저녁을 준비하는 일에 진심으로 행복을 느끼며 꾸밈없는 자신의 자리를 찾아갔다. 그녀의 남편은 그녀를 용서할 수는 없었지만, 아내가 없는 그의 왕국은 결코 완벽할 수가 없었고 아이들에게도 그녀의 빈자리가 얼마나 큰 상실감으로 다가오는지 알기에 그녀를 포기할 수도 없었다. 화가는 외국으로 떠났고 그녀는 돌아온다는 그의 약속을 믿으며 남편의 애원에도 아랑곳하지 않고 홀로 기다리고 있었다. 시간이 흐른 후 그는 다시 돌아왔고 드라마는 두 커플의 행복한 출발을 예고하며 끝을 맺는다.

평범한 불륜 드라마이면서도 결코 평범하지 않은 그들의 사랑. 지은의 아픔과 심리상태를 일기 형식으로 디테일하게 서술해가는 그녀의 마음이 시청자들의 공감대를 자극한다. 그들을 에워싸고 있는 현실의 굴레가 엄청난 고통을 안겨주지만 그들의 사랑의 열병에 비하면 하찮다는 것을 드라마는 보여주고 있다.

나도 그녀처럼 사랑에 눈뜰 수 있을까? 누군가를 사랑할 용기가 내게도 남아 있을까? 그 마음에 일침을 가하듯 주인공은 말한다. "금기를 깬 그 대가는 훨씬 더 혹독하고 잔인하다. 절망과 고통이 선명한 주홍글씨로 영원히 가슴에 새겨진다"라고, 가슴에 주홍글씨를 달고 살아가는 것은 평생 멍에를 지고 사는 것과 같다. 평범하지 않은 사랑을 선택하는 순간 그에 대한 대가가 반드시 따라올 것이라고 작가는 말해주고 있었다. 사랑에 대한 책임과 실리를 따지지 않는 것은 가족 간의 사랑뿐인가 싶다. 주인공들은 각자의 세계 속에서 끊임없이 스스로를 자책하며 고통의 시간을 모질게 견뎌내고 그 상처가 아물어갈 무렵 사랑의 결실을 보게 된다. 시청자들은 드라마를 통해 그들의 사랑을 지켜보며 눈물 흘리고 마음 아파하면서 감정을 정화하는 것이다.

어쩌면 사랑에 대한 열망은 내 이름에서 비롯된 것이 아닌가 생각해본다. 아버지는 당신 딸들이 사랑받기를 원하셨는지 그냥 애愛 자가 좋으셨는지 모두 애愛 자 돌림으로 지어놓으셨다. 아름다운 사랑, 성스러운 사랑, 보배로운 사랑, 빛나는 사랑. 지혜로운 사랑. 우리에게 붙여진 이름들이다. 심지어 사촌들까지 모두 애愛로 지으셨다. 이름 덕분인지 우리 자매들은 한번쯤 사랑의 열병을 앓으며 성장했고 어떤 자리에서도 환하게 빛을 내며 사랑받는 삶을 살아가고 있는 것이다. 예쁘고 아름다운 사랑은 언제나 설레고 가슴 뛰게 하며 사랑을 위해서라면 모든 것을 던져서라도 지키고 싶겠지만 우리 주위를 에워싸고 있는 도덕과 윤리라는 담을 결코 넘어설 수가 없다.

오래 전 가슴 아프게 본 영화 클린트 이스트우드와 메릴 스트립 주연인 〈메디슨 카운티의 다리〉가 생각난다. 책을 읽고 영화를 봐서인지 감동은 덜했지만, 두 사람이 헤어지는 마지막 신scene은 두고두고 기억될 장면이다. 다리를 찍기 위해 마을로 온 사진작가 로버트와 며칠간 함께 지내게 된 프란체스카. 한순간에 사랑에 빠진 두 사람은 4일간의 뜨겁고 달콤했던 사랑을 가슴에 묻어두고 각자의 길로 돌아가야만 했다. 비가 몹시 내리는 날 빗속에서 애원하듯 그녀를 바라보는 로버트와 차 안에서 눈물을 머금고 바라보는 프란체스카. 당장이라도 차 문을 열고 그에게 달려가고 싶었을 그녀의 마음을 억누르기라도 하듯 빗줄기가 창문을 덮고 두 사람은 슬픔과 갈등을 침묵으로 대신하고 눈빛으로 이별을 고한다. 이윽고 신호가 바뀌고 서로의 길을 향해 차는 출발한다. 훗날 몇십 년이 흘러도 지울 수 없었던 두 사람의 사랑을 자식들이 엄마의 유품 속에서 발견하게 되고 로버트의 곁에 묻히고 싶다는 엄마의 유언을 그제야 이해하게 된다. 아픔을 삼키고 세월에 묻어두어야 하는 사랑도 있는 것이다. 상심의 정도가 깊기에 더욱 애틋하고 오래 기억 속에 머물러 있는 '메디슨 카운티의 다리'였다.

중년에 필요한 것은 절제된 사랑이다. 불나방처럼 뛰어드는 사랑을 위한 사랑이 아니라 자연스럽게 물처럼 흘러가는 사랑이 필요한 시기이다. 사랑의 본질은 변하지 않지만 사랑의 대상은 변하게 마련. 부모님에게 받은 사랑을 연인과 나누고 그것이 부부애로 다시 자식에게로, 그리고 손자에 대한 사랑으로 세월의 흐름과 함께 비가 대지를 적셔주듯이 자연스럽게 흘러가며 스며드는 것이다. 하루 사망자 수가 연일 갱신되는 코로나팬데믹의 재앙 속에 우리는 살아가고 있고 죽음은 바로 문 앞에 가까이 다가왔다.

인간과 자연의 경계가 허물어져 원인을 알 수 없는 위험요소가 우리 주위에 너무나 가까이 다가와 있다. 이 알 수 없는 다양한 형태의 바이러스가 두렵고 위협으로 다가올 때도 있지만 이 또한 지나가리라. 험난한 고행의 산을 넘으면 초록으로 펼쳐질 평원이 자리하고 있으리란 생각에 희망의 끈을 놓지 않는 것이 인간의 생명력이다. 죽음이 목전에 와 있는 때 사랑을 생각한다는 것은 죽음에 대한 두려움을 사랑이라는 감정으로 조금이나마 희석시키고 싶어서일 수도 있고 또 살고 싶다는 염원이 그만큼 강하게 내재되어 있는 것일 수도 있다.

사랑이란 '나'라는 생명체와 함께하며 그 대상이 사람이든 무생물이든 어디에고 무한정 존재하지만, 그 사랑을 발견하고 깨닫게 될 땐 마침내 새로운 인생의 서막이 펼쳐질 것이라는 걸 누구나 알게 될 것이다. 그러나 각자에게 부여된 시간은 극히 제한적이며 인생의 여정이 서서히 끝나갈 무렵이면 사랑에 대한 열정도 마무리할 때가 오는 것 같다.

결자해지結者解之라고 하지 않는가. 모든 것의 시작은 반드시 끝이 있고 매듭을 묶었으면 스스로 풀어야 하는 순간도 있는 것이다. 나를 정리해야 하는 시점이라면 내 사랑이 다소 야박했던 이들에게는 더 나눠주고 지나치게 마음을 주었던 쪽에는 조금씩 덜어내며 균형 있는 삶을 살아야 하지 않을까? 아버지도 힘든 난관이 닥쳐올지라도 사랑으로 견뎌내고 그 사랑을 골고루 나누며 살다보면 언젠가는 반드시 행복으로 연결됨을 알기에 우리 자매들에게 그 이름을 부여해주셨을지도 모를 일이다. 아버지가 떠나신 지 몇 해가 지나서야 비로소 이름의 의미를 조금 알 것 같다. 이제는 그 사랑을 갈무리할 때가 된 것이다.

'사랑' 이제 너를 보낸다.

제2장

여름

INSOMNIA

비는 적막을 깨뜨리는 일정한 톤으로 내 영혼을 깨우고 어김없는 불면의 밤이 찾아왔다. 점차 명료해지는 머릿속엔 아버지의 마지막 모습과 해맑은 소녀처럼 웃고 있는 엄마, 옅은 미소를 짓고 있는 시인의 마지막 얼굴, 코로나19로 고통받는 사람들과 즐겁게 웃는 과거의 나와 현실에 찌든 무표정한 중년의 내 모습이 오버랩된다. 온갖 상념들이 나를 포박하고 떨쳐내려 안간힘을 쓰는 내 자아는 한 시간째 뒤척이고 있다. 자리에 누워 30분 이내 잠들지 못하면 Insomnia라고 한다든가? 나는 '불면증'이란 단어보다 라틴어에서 유래된 Insomnia라는 단어가 왠지 분위기가 있어 보이고 불면증이 평범해보이지 않아서 좋다.

인터넷으로 검색해보니 불면증에 대한 정의, 원인, 극복하는 방법 등 올려놓은 글이 많다. 불면증으로 고민하는 사람들이 꽤 많은가보다. 적어도 1개월 이상 잠들기 어렵거나 잠을 유지하는 데 어려움이 있고 그로 인한 낮 동안의 피로감으로 인해 일상생활에 어려움이 있을 때 불면증으로 진단한다. 나의 상태는 그 정도는 아니라며 스스로 위로해본다. 숙면을 위한 수칙도 있다. 낮잠을 피한다/ 수면 시간을 일정하게 유지한다/ 10분 이상 잠이 들지 않으면 일어나서 단순한 작업을 하면서 잠이 오기를 기다린다/ 주말이나 휴일에도 일어나는 시간을 일정하게 한다/ 밤에 깨더라도 시계를 보지 않는다/ 규칙적인 운동을 한다/ 잠자리에 들기 두 시간 전에 따뜻한 물로 목욕한다/ 카페인이 들어 있는 음료 섭취를 제한한다/ 공복감이 있다면 따뜻한 우유를 마신다 등 우리가 상식적으로 알고 있는 내용이다. 오지 않는 잠을 억지로 청하는 것도 또 다른 스트레스이기에 그 불면의 시간을 받아들이기로 하고 요즘 읽고 있는 말콤 글래드웰의 『타인의 해석』이란 책을 펼쳤다.

우리는 얼마만큼 다른 사람을 신뢰할 수 있을까? 낯선 사람을 평가할 때 사람을 보지 않고 사실만을 보고 평가할 때 더 객관적으로 평가할 수 있다는 것이다. 일정 기간 뉴욕에서 공소 사실 심문에 출두한 피의자 기록을 취합하여 솔로몬과 인공지능이 대결한 실험이 있었다. 판사가 석방한 40만 명보다 인공지능이 석방한 숫자가 25%나 낮게 나왔다. 결과적으로 컴퓨터가 집계한 고위험군에 속한 사람들, 즉 재범 우려가 있는 사람 중 48.5%를 판사들이 풀어주었다는 것이다. 인공지능은 자료만으로 평가하지만, 판사들은 피의자들을 직접 만나보고 판결을 내리기 때문이다.

때론 사람을 만나서 느끼는 우리의 판단 기준을 확신할 수 없다. 그래서 오케스트라의 신입 단원을 뽑을 때 지원자 모습을 가리는 장막 오디션으로 진행하면 훨씬 더 현명한 결정을 내린다고 한다. 키가 큰지 외모가 잘생겼는지 흑인인지 백인인지 하는 것은 편견만 불러일으킬 뿐 판단에 도움이 되지 않는다는 것이다. 내가 만나는 사람들은 믿을 수가 있는 건지 그 사람에 대한 나의 평가는 정확한 것인지 나도 자신이 없어진다. 책을 읽다보니 머리가 더 복잡해지는 것 같아 책을 덮었다.

눈을 감고 내 머릿속에 얽혀 있는 실타래들을 스스로 풀어보기로 한다. 여러 가닥의 문제점들을 나열하고 마음의 상태와 증상들을 묶어보면 불면증의 근원을 찾을 수 있을 것 같기도 해서이다. 나와 가족들의 건강에 대한 염려, 코로나19로 인한 경제적 혼란, 심리적 불안, 허망함, 삶과 죽음의 경계, 가슴 답답함, 착잡함, 이러한 단어와 현상들을 크게 두 개의 카테고리로 나눌 수 있을 것 같다. 하나는 코로나19의 영향이 크고 또 하나는 늘 함께했던 문학회 회장의 갑작스러운 운명 소식이다. 몇 날 며칠 나를 불면증에 빠지게 한 원인들을 찾았지만, 그 해결책을 내놓을 수는 없었다.

코로나19는 작년 12월경 중국 우한에서 발생하여 몇 달째 국내뿐 아니라 전 세계를 바이러스의 공포 속으로 몰아넣고 있다. '글로벌 위험사회'로 들어선 것이다. 어떤 학자는 코로나19 현상을

14세기 유럽을 강타했던 페스트에 견주고 있다. 흑사병이라고도 하는데 당시 유럽 인구의 3분의 1 정도가 사망했다고 한다. 이번 코로나19도 아시아에서 시작해 유럽과 미국을 강타하고 페스트보다 더 무섭게 확산되고 있다. 사망률이 최고 17% 넘는 국가도 있다. 국경도 거의 봉쇄 상태이고 세계의 많은 사람이 집안에서만 생활하고 있다.

코로나19 팬데믹은 인류에게 닥친 재앙이다. 2003년 사스가 인류를 위협했고, 2009년에는 신종 인플루엔자가, 2015년에는 중동에서 발생한 메르스가 인류를 괴롭혀왔다. 이제 코로나19가 엄청난 기세로 인류를 위험에 빠트리고 있다. 이들은 모두 코로나바이러스의 유형이며 박쥐나 사향고양이, 돼지, 낙타 등 동물에서만 감염되던 바이러스가 사람에게 이종異種 감염이 된 상태다. 동물과 사람 환경의 경계가 무너진 셈이다. 왕관 모양을 하고 있어 '코로나'로 명명한 것이 자신들이 마치 최고인 양 세력을 키우며 교활하게 변이를 하며 인류를 괴롭히는 것이다. 물론 인간들의 지나친 욕심과 무차별적인 개발이 생태계의 균형을 깨뜨리고 있고 그러한 인류에 대한 자연의 경고이기도 하다고 학자들은 지적한다.

코로나19와의 투쟁이 효과를 거두고 정부의 재빠른 대응책과 의료진들의 희생과 노고로 조금은 안정권에 접어들었다고 할 수도 있겠지만 방심은 금물이다. 아차 하는 순간에 방역이 무너지면 다시금 악몽을 겪어야 하는 것이다. 한 종교집단에 의해 한 도시에서 수천 명의 감염자가 발생하고 2차, 3차 감염으로 주변 도시뿐 아니라 전국적으로 확산된 탓에 낯선 사람을 만나면 경계부터 하게 된다. 이 사람도 그 교회 신도가 아닐까 하는 의심부터 하게 되는 것이다. 사람이 사람을 믿지 못하는 사회가 되어가고 그것을 악용하는 사람도 생겨난다.

말콤 글래드웰의 화두가 생각난다. "낯선 사람이 면전에서 거짓말을 하는데도 왜 알아차리지 못할까?" ○○○ 교인들은 그들의 지도자가 하는 말과 행동들을 조금의 의심도 없이 믿고 따르고 있는 걸까? 진정한 신앙생활과 맹목적인 믿음의 차이를 알았으면 하는 안타까움이 있다. 삶과 죽음의 경계도 한순간이다. 우리나라도 사망률이 2.2%이다. 100명 중의 2명 이상이 죽어가는 것이다. 치료제가 개발될 때까지 긴장을 늦출 수 없어 불안함이 가중된다.

경제도 위태하여 연일 주가는 급하락하고 수출입의 길이 막히자 기업들도 구인의 문에 빗장을 걸었다. 몇 년간 취업을 준비한 젊은이들의 기대와 희망이 여지없이 무너졌고 중소기업들의 경영 위기에 실업률도 증가하며 가계 부채율도 최악으로 치닫고 있다고 한다. 이 악재는 우리나라뿐만이 아니라 전 세계적으로 도미노 현상으로 나타날 것이다.

하루하루가 힘겨울 때 우리에게 중요한 것은 무엇인가? 코로나19가 인류에게 던져준 과제가 있음직하다. 인간이 버려야 할 것들과 끝까지 지켜야 할 것은 무엇인지 한번쯤 생각해볼 일이다. 며칠 전 홈쇼핑에서 이름만 대면 누구나 알 수 있는 명품백을 할인 판매한다고 쇼핑호스트가 열심히 광고하고 있다. "오늘만 주어지는 흔치 않은 기회를 놓치지 마세요"라고 하는데 쓴웃음이 나왔다. 한번쯤 명품백에 대한 로망이 없었던 것은 아니나 오늘 내가 코로나19에 감염된다면 무슨 의미가 있을까? 자택 격리되어 한 발짝도 집 밖으로 나오지 못할 때 우리에게 정녕 필요한 것은 빵과 약품과 자유가 아니겠는가? 코로나19 사태에서 살아가는 우리는 바이러스와 싸워 견뎌낼 수 있는 면역력을 높이고 전염병으로부터 나를 지키는 위생수칙과 안전용품, 그리고 버텨낼 수 있는 강인함을 키워야 할 것이다.

투병 중 지난 주에 세상을 달리한 정석교 시인의 일곱 번째 시집 『겨울 강 푸른 뜰』을 읽었다. 딸의 결혼을 축하하며 쓴 시로 결혼식 날 하객들한테 선물로 나누어준 시집이다. 책 사이사이에 웨딩드레스를 곱게 입은 신부가 등장하고 딸과 부인을 사랑하는 마음이 곳곳에 묻어난다. 이것이 마지막 시집이 될 줄을 그땐 아무도 몰랐다. 딸의 결혼식을 끝내고 3일째 되는 날 그는 하늘나라로 떠나갔다. 본인의 결혼식을 포함하여 모두 네 번의 웨딩 카펫을 밟는 일이 즐겁고 설레는 일이라고 기뻐했는데 두 번의 결혼식을 끝으로 생을 마감한 것이다.

우리 문학회의 주춧돌이었던 그는 시와 바다와 커피를 좋아하고 늘 진지하고 잔잔한 웃음을 지어주던 멋진 시인이었다. 흐린 바다가 예쁘게 보여 사진을 찍어보내며 그곳에도 이렇게 아름다운 바다가 있느냐고 부디 편안하게 잘 가시라고 문자를 보냈다. 답장이 있을 리 만무하다. 늦은 저녁 무렵 "남편이 하늘나라로 이사 가는 날 와주셔서 감사하다"라고 답장이 왔다. 그 순간 참았던 눈물이 앞을 가렸다. 괜한 짓을 했나 하고 자책하기도 했다. 화려하게 피었던 벚꽃이 눈처럼 날리던 날 아버지도 형부도 정 시인도 모두 떨어지는 벚꽃과 함께 떠나가셨다. 4월은 참으로 잔인한 달이다.

정석교 시인이 우리 곁을 훌쩍 떠나간 것은 삶과 죽음의 경계에 대해 침잠하게 하였고, 코로나19의 대유행도 우리에게 전하려는 무언가가 있을 것 같다는 생각이 들었다.

자신을 되돌아보고 번뇌와 갈등을 풀어야 할 때이다. 나를 둘러싸고 있는 상념들을 털어버리고 본연의 나와 진정 어린 대화를 해봐야 할 일이다. '홀로 있는 시간은 본래적인 자기로 돌아올 기회'이고 '내 영혼의 무게가 얼마쯤 나가는지 달아볼 수 있는 그런 시간'이라는 법정 스님의 말씀이 유독 마음에 와닿는 요즘이다. 이제 침묵하고 자기 안의 소리에 귀기울일 때이다. 잘 살고 있는 것인지 진정 내가 원하던 삶인지 다른 사람들을 위해서 무엇을 해야 하는지 진실로 내게 중요한 것은 무엇인지 어느 것을 버리고 간직해야 하는지 자신에 대한 반성과 성찰을 해볼 기회이다.

가을날 나무가 잎을 털어내며 춥고 긴 겨울을 나듯이 시련 뒤에는 다시 녹음이 찾아오고 시인이 일구어낸 시어詩語들도 아름다운 꽃으로 피어날 것이다. 어려운 여건 속에서도 자신을 불사르며 고통받는 이들을 돌보는 사람들의 마음을 기억하며 나는 오늘도 마스크를 쓰며 사회적 거리두기를 실천하는 중이다. 코로나19의 영향으로 잠시나마 편안해진 지구의 모습을 보는 것도 고무적인 일이다. 내일 밤은 편안히 잠을 청할 수 있을 것인가.

발의 항변

나는 230㎜, 그리 크지 않지만 100근 남짓 나가는 몸체와 점점 더해지는 삶의 무게를 매일 잘 견뎌내고 있죠. 200근도 더 나가는 무게를 지탱하고 있는 가여운 친구들에 비하면 그나마 다행이라는 생각도 들어요. 단지 불만이 있다면 아무리 봐도 이쁜 구석이 없고 투박하며 땀이 잘 나지 않아 건조하고 바닥은 갈라지며 딱딱하고 군데군데 못이 박힌 참 못나게도 생긴 존재이죠. 오죽하면 주인님과 가장 가까운 남편이라는 사람이 주인님의 전화번호를 '곰발바닥'으로 저장해놨을까 싶어요. 게다가 평발이라 달리는 재주도 없고 달리기 경주에서도 늘 꼴찌를 도맡아 하고 있어서 박완서 작가님의 「꼴찌에게 보내는 갈채」를 읽으며 위안받기도 했답니다. 매끈하고 날씬하게 잘빠진 친구들을 보면 어찌 그리 부러운지요. 허나 어쩌겠습니까? '생긴 게 가재'라는 할머니 말씀처럼 타고난 것을 부러워한다고 내가 달라지는 건 없지요. 결국 나는 나일 뿐이니까요.

그나마 꾹 참고 열심히 살고 있는 내게 어느 날 입이란 게 시비를 거는 겁니다. "너는 어지간하면 좀 예쁘게 생길 일이지 어쩜 그리도 못생겼니? 보기에는 튼튼하게 생긴 것이 조금만 걸어도 아파하는 약골이라니 참 꼴불견이야. 그리고 발바닥이 곰발바닥처럼 두꺼우면 뭘해? 돌멩이라도 밟으면 아파서 개울도 건너지 못하는걸" 하고 말하는 것이에요. 순간 해라도 삼킨 것처럼 얼굴이 뜨거워지고 부아가 치밀어오르는 겁니다. 나한테 얹혀사는 주제에 무에 그리 할 말이 있을까 싶죠. 저도 자신이 없으니 새빨갛게 칠하고 예쁘게 보이고 싶어하는 것이 아닌가요? 먹는 거랑 투정하는 거밖에 모르는 주제에 막말을 쏟아내고 있네요. 곰곰 생각해보니 몇 해 전 그 일이 있고 나서부터 나를 더 무시하는 게 아닌가 싶기도 해요.

지금처럼 여름이 깊어가는 어느 일요일 아침에 주인님 내외가 군에 가 있는 아들에게 면회가기 위해 서둘러 길을 떠났죠. 차로 두어 시간 떨어진 '인제'라는 곳에서 군 생활을 하고 있었는데 '인제 가면 언제 오나 원통해서 못 살겠네' 하는 구절처럼 정말 골짜기로 들어가서 아들을 데리고 시내로 나왔어요. 근데 일요일이어서 아무것도 할 게 없는 거예요. 거긴 영화관도 없었고 관광할 만한 곳도 마땅치 않아서 다시 골짜기로 들어갔어요. 그 유명한 인제 자작나무숲을 가기로 결정했나봐요. 그다지 험난하지 않고 산책 다녀온다는 기분으로 가면 되겠다고 하여 얼떨결에 장만해 주신 키높이 새 운동화를 신고 기분 좋게 출발했어요. 생각보다 주차장이 넓어서 입구까지의 거리도 상당했죠. 오르막길을 지나니 공사 중이라 산허리를 돌아서 가야 한다고 했어요. 한 시간을 걸었을까 발바닥이 아프고 더위에 지쳐갈 무렵 겨우 자작나무숲이 보이기 시작했어요. 자작나무가 만들어내는 은빛 세상은 마음까지 시원하게 해주는 거예요. 사람들이 왜 자작나무숲에 가는지 알 것 같더라구요.

주인님이 사진을 찍는 동안 잠시 휴식을 취하고 또다시 올라가기 시작했지요. 누구나 정상까지는 가야 한다고 생각하고 있으니까요. 참 이상하죠. 정상까지 가면 내려올 일밖에 없는데도 모두들 힘들여서 올라가니 말이에요. 트리나 폴러스의 『꽃들에게 희망을』에서 주인공 호랑벌레 애벌레는 다른 애벌레들을 짓밟고 끝까지 올라가서야 그 정상에는 아무것도 없고 그것이 무의미한 것임을 알게 되죠. 인간들은 정상까지는 무조건 올라가야만 하고 그리고 깃발을 꽂고 자신들의 표식을 남기고 와야 성취감이 생기는 것이라고들 합니다. 아무리 힘들어도 중간에 포기하지 않고 정상까지 다녀오는 건 그네들이 가지고 있는 자존심을 세우는 일이기도 하죠. 저 또한 주인님의 자존심을 세우기 위해 끝까지 올라갔습니다.

이젠 내리막길이라 힘들지 않게 내려오면 되는 것이었어요. 근데 그때부터가 문제였습니다. 그렇지 않아도 오래 걸어 아픈 나에게 아들의 귀대 시간이 정해져 있어 빨리 가야겠다고 입이 재촉하는 것이었어요. 나는 참고 서둘러 걸어 내려오는데 공사 중인 내리막길 경사가 엄청난 거예요. 키높이 운동화까지 신어 경사 30°는 될 법한 길을 걸어내려오자니 발바닥과 엄지 발끝이 아파 한발 한발 딛기도 힘들었지요. 하는 수 없이 주인님 아들에게 업혔습니다. 커다랗고 든든한 등에 업혀 잠시나마 편안하게 내려올 수 있었지만 슬슬 미안하기도 하고 창피해지기 시작했죠. 입이 그 정도도 못 참고 뭘 그러냐고 잔소리하는 것도 듣기 싫어서 15분쯤 업혀오다가 내렸습니다.

걸어야 하는 게 제 임무인데 자존심에 조금 스크래치가 갔지만 어쨌든 구경은 잘하고 왔잖아요. 자작나무숲의 아름다움도 사진에 잔뜩 담아왔고 힐링하는 시간도 충분히 가졌지만 그때부터 입이 저를 곱게 보지 않았어요. 나만 업혀 내려온 것도 아니고 저도 무임승차 한 것이잖아요. '잘되면 지 탓 못되면 조상 탓'이라더니 세상에서 자기가 제일 잘난 것처럼 떠들고 다니고 남의 허물을 덮어주지 못하고 꼭 바른소리라고 한마디씩 하며 정작 자기 잇속 차리는 정치인들한테는 한마디도 못하는 주제에 말이에요. 음식이 맛있지 않으면 잘 먹지 않고 투정부리며 먹기 싫은 건 꼭 골라내는 나쁜 습성이 어디를 가나요? 나는 어디를 데려가도 군말 없이 따라가고 늘 주인님을 보필하며 어디에서도 당당하게 서 있게 하잖아요. 편한 신발만 있으면 투정부리지 않고 묵묵히 앞으로 잘 나아가지요. 가끔 유통기한 지나간 화장품을 발라줘도 난 불만이 없어요. 양보에 익숙하고 배려심이 있으니까요.

입은 나를 보고 좀 배워야 하지 않을까 싶네요. 수고했다! 한마디면 다음날 거뜬하게 털고 일어날 텐데 입은 뒀다 뭐한데요. 저가 하는 잔소리에 두 발에 힘이 빠져버린다는 걸 모를까요. 어차피 우리는 상부상조하며 살아가야 하는 인생이잖아요. 입이 없이는 저도 아무데고 갈 수가 없고, 갑자기 식음을 전폐한다면 나도 지탱할 수가 없지요. 둘 중에 참아야 한다면 인내심 많은 내가 참아야지요. 참는다고 바보가 되는 것은 아니라는 거 아시죠? 도덕적인 경지에 이르고 현명한 자만이 할 수 있는 거예요. 최소한의 예의를 갖춰 존중해줘야죠. 나는 낮은 데 있으나 자존심이 있고 투박하나 우아함을 추구하는 족속이니까요.

아산기행

차가 아산으로 들어서자 창문을 열고 공기를 깊이 들여 마셔본다. 바닷냄새가 배어 있는 찝찔한 바람이 아닌 그냥 후텁지근한 내륙의 바람이다. 바다를 끼고 있으면서도 해양도시가 아닌 깊숙한 내륙으로 들어온 것 같은, 도시와 시골이 공존하는 곳이다.

딸을 만난다는 생각만으로도 설레는 걸 보니 딸은 자주 만나도 그립고 안타까운 나의 분신 같은 존재인가보다. 15년 전 아이들의 방학숙제로 아산 현충사에 다녀온 게 첫 방문으로 기억되는데 멀리 떨어진 강원도에 사는 우리로서는 한번 오는 것이 좀처럼 쉽지 않았다. 몇 년 전 딸이 아산으로 발령받아 요즘은 한해 두어 번 아산을 오게 되는데 예전에 상상조차 못했던 일이었다. 오늘도 딸은 맛집을 찾아 신정호로 우리를 안내한다. 벌써 몇 번째이지만 올수록 정감이 가는 곳이다.

이제 조금 더 익숙하게 들리는 충청도 억양, 대구에서 자란 내가 제일 먼저 들은 충청도 말은 우리 막내숙모를 통해서다. 내가 초등학생이었던 어느 날 우리 삼촌에게 예쁜 대전 아가씨가 우렁 각시처럼 나타났다. 삼촌이 공군에 복무할 때 연애하다가 결혼으로 이어진 것이다. 처음 듣는 충청도 말이 신기해서 숙모에게 자꾸만 말을 건네곤 했다. 신혼집에 우리가 자주 놀러가도 싫은 기색 않고 반가워해 주던 숙모, 며느리에게 늘 엄하셨던 할머니도 결혼하자마자 내리 손자를 선사해준 막내며느리를 이뻐하지 않을 수가 없었다.

한 교사의 아내로서 계속 살았으면 더 행복했었을 것을, 행복은 잠시뿐이었고 사업에 대한 삼촌의 열의가 너무 커서 감당하기 버거워 늘 힘겹게 사셨고 심지어 삼촌을 대신하여 구치소까지 다녀오셨던 숙모가 정말 애처로워 보였다. "숙모 괜찮아요?" 하면 "나는 괜찮다, 걱정하지 말거레이" 하며 빙그레 웃으신다. 숙모 덕분에 충청도 사람에 대한 첫인상은 지금까지도 좋은 기억으로 남아 있다. 우리에게 일이 있을 때마다 엄마가 아프실 때마다 얼른 달려와서 위로를 해주시던 숙모는 부처님처럼 마음이 넓은 분이었다. 요즈음 숙모는 삼촌과 부산에서 잘 살고 계신다. 팔순을 바라보는 연세에도 여전히 삼촌을 사랑하며 젊은날의 고생을 보상이라도 해주듯 삼촌도 숙모를 알뜰살뜰 보살펴주며 정답게 살아가신다. 이제 우리 집안에 한 분밖에 안 계시는 아버지 형제분이니 건강하게 오랫동안 잘 사시길 바랄 뿐이다.

꽤 더운 날씨지만 그나마 호수에서 간간이 불어오는 바람이 산책길을 도와준다. 바닷바람과는 사뭇 다른 산뜻하고 부드러운 바람이다. 비록 일제 강점기 쌀 수탈의 목적으로 만들어진 농업용 저수지였지만 지금은 아름다운 경치와 문화의 장소로 탈바꿈하여 아산의 정서를 반영하기에 충분한 공간이 되었다. 이제 100년이 다 되어가는 연륜이 쌓인 품격 있는 신정호를 바라보고 있으면 내 고향 수성못이 다시 생각난다. 과거가 그대로 살아돌아올 듯하여 여기 그대로 벤치에 앉아 언제까지고 머물렀으면 좋겠다는 생각을 해본다.

메타세쿼이아와 느티나무 숲길, 장미가 피는 계절엔 예쁜 길이 되었을 장미 터널, 능소화 터널, 물가에 있는 정자에서 땀을 식히고 있는 사람들, 표정이 여유롭고 우리 숙모 같은 푸근함이 묻어나는 정감 어린 사람들, 그다지 화려하지 않게 자연의 느낌을 살려 깨끗하게 만들어진 산책로, 사람들이 얼마나 많은 관심을 가지고 애정을 쏟고 있는 공원인지 가늠할 수 있겠다. 그 외에도 넓디넓은 연꽃단지, 수생식물전시장 다 돌아볼 수 없었지만 내 고향 수성못처럼 계절마다 풍부한 볼거리를 제공해줄 듯하다. 동해시도 바다 옆에 수변공원이 있지만 도심에 호수공원이 있다는 건 정말 복받은 도시라는 생각이 들었다.

공장이 많은 여수, 창원 같은 공업도시라든가 동해나 강릉, 삼척처럼 동해안을 주변으로 형성된 해양도시이거나 경주 같은 고풍스러운 도시, 도시마다 특유의 느낌을 가지고 있는데 아산에 올 때마다 느끼는 건 끝없이 넓게 펼쳐진 들판이 풍요로움을 안겨주는 내륙도시의 느낌과 신정호가 주는 평온함이 도시를 감싸고 있다는 것이다. 바다의 풍경도 살짝 곁들여 마음이 풍성해진다. 내가 살고 있는 강원도는 대부분이 산지여서 도로가 굴곡이 져 있는 곳이 많고 그나마 뚫린 길은 거의 터널 형태이다. 예전 김제평야를 지날 때도, 아산처럼 확 트인 풍경을 보며 직선도로를 달리고 있을 때도 답답했던 가슴이 시원하게 뚫리는 느낌을 받았다.

신정호 다음으로 우리 딸이 안내한 곳은 지중해마을이었다. 예쁜 마을이어서 엄마랑 꼭 같이 오고 싶었다고 한다. 하얀 건물이 예쁘게 늘어 서 있고 이국적인 분위기가 물씬 풍기는 마을이 마치 그리스에 온 것 같은 느낌으로 구석구석을 돌아보았다. 아기자기한 소품들이 장식되어 있고 예쁜 수공예품을 파는 상점도 있었고 맛있는 디저트 카페와 일식, 중식, 한식, 양식의 먹거리를 파는 음식점들도 정렬하고 있었지만 조금은 어설픈 지중해풍 거리였다. 시원한 면이 먹고 싶어서 일본 라멘점에 들어갔다. 벽에 빽빽이 쓰인 일본어를 읽으니 자신을 소개한 글이었다. 굳이 일본어로 써야 사람들에게 신뢰를 받기 때문이었는지 대체 누구에게 신뢰를 받기 위한 것이었을까 의아했지만 그것도 젊은 주인의 한 영업전략일 수 있겠다 싶었다. 따뜻한 라멘과 시원한 라멘을 나누어 먹으며 더위와 피로를 달랬다. 해가 저무는 아산을 돌아보며 일몰을 보기 위해 서둘러 바다를 찾았다. 아직 해가 바다로 떨어지기 전이다. 일출보다는 다른 새로운 느낌으로 더욱 화려하고 빛나게 다가오는 일몰.

김훈은 『풍경과 상처』에서 "서해의 일몰은 내려앉는 해를 빛의 중심부로 끌어안고 침몰하는 것이어서 해가 원양에서 연안에 이르는 수면의 모든 빛을 거두어가는데, 일몰의 동해에서 빛들은 산맥 너머로 빠지는 해의 고삐에서 풀려나 아비 없고 호적 없는 부랑의 무리로 떠돈다. 빛들은 인간의 언어가 개념화하는 그 어떤 색깔도 아니다. 빛들은 개념으로부터 멀리 비켜서서 흔들린다"라고 하였다.

서해의 일몰과 동해의 일몰을 구체적으로 비교, 묘사했다. 서해의 일몰은 세상의 화려한 모든 빛을 거두어 바닷속으로 끌고 들어간다. 그러기에 그 빛은 찬란하기 그지없고 태양의 마지막을 불태우는 거대한 불꽃축제였다. 그래서 일출의 장관은 동해에서 느끼고, 일몰의 장관은 서해에서 경험해봐야 진정한 맛이라 말할 수 있을 것 같다. 일몰의 열정과 화려함을 가슴에 품고 아산에서의 마지막 밤을 보낸다.

딸이 살고 있어 더욱 정겨운, 다시 오고 싶은 도시다. 신정호가 은은한 물빛으로 언제나 반겨줄 것 같은 푸근한 도시, 강원도만큼 삶에 지친 사람들을 위로해줄 수도 있을 것 같은 정감이 가는 도시다. 내가 사는 동해는 산과 바다가 어우러져 전체를 감싸주는 듯한 아늑함을 주지만 아산은 넓고 확 트인 풍경으로 시선을 끌고 그 풍경이 주는 여유로움과 자유로움을 사람들에게 부여해줄 수 있는 곳이다. 우리 숙모처럼 심성 좋은 사람들이 유유자적하게 살고 있는 바다와 호수가 어울어지는 모습을 골고루 담은 아산. 그곳에서 오롯이 펼쳐지는 풍경을 렌즈에 새기며 파도가 넘실대는 동해바다, 나의 도시로 출발한다. 어쩌면 머지않은 주말에 딸을 만나러 다시 떠나올지도 모를 아산행이었다.

바다에게 위로를 받을 수 있을까

태풍 마이삭과 하이선이 할퀴고 간 바다는 참혹하다. 바다는 연신 파도를 일으켜 육지의 쓰레기더미와 부서진 배의 파편들, 나무 넝쿨들과 찢어진 그물 조각들을 뭍으로 밀어내고 있다. 인간을 믿지 못하는 자연은 스스로의 정화작업을 선택한 듯하다. 더 이상 품을 수 없는 바다는 오염물질들을 파도의 힘을 빌려 뱉어내는 것이다. 지금의 바다는 청춘들이 모여 젊음을 공유하고 추억하는 곳도 아니고, 연인들이 모래사장에 앉아 사랑을 나누는 낭만과 떠나간 사람을 그리워하는 고즈넉한 풍경도 없다.

내륙에서 태어나 줄곧 대구에서 살아온 내게 바다는 꿈이었고 동경이었다. 고등학교를 졸업하고 대학 입학 통지서를 받자마자 친구들과 바다여행을 계획했다. 부산행 완행열차에 몸을 싣고 생전 처음 바다와 만나는 설렘으로 두어 시간을 달려 부산역에 도착하였다. 해운대로 가는 버스를 타고 드디어 정류장에 내리는 순간 처음으로 맡아보는 생경스러운 바다 냄새. 우리는 환호성을 지르며 모래사장을 달렸다. 파란 바다를 보는 순간 물밀듯이 몰려오는 감동에 왈칵 눈물이 쏟아 졌다.

'바다! 너로구나! 너는 이렇게 생겼구나!' 파랗게 펼쳐진 수평선과 넓은 백사장의 눈부신 해운대는 내륙 가시내들의 맘속 깊은 곳까지 바다 빛으로 물들였다. 그때의 신선한 충동을 평생 잊을 수가 없었다. 그 후로 부산에 큰집이 있고 언니들이 있는 덕에 일 년에 한두 번씩은 다니러 갔다. 부산 오빠들의 안내로 광안리, 해운대 달맞이공원, 태종대, 성지못, 용두산공원 등을 돌아보기도 하였지만 그때만 해도 바다는 나와 관계가 먼 다른 세상이라고만 생각했다,

한 치 앞을 내다볼 수 없는 게 사람의 운명이라고 했던가. 결국 한번도 와본 적 없었던 강원도 삼척의 낭군님을 만나 하루에도 열두 번씩은 바다에 갈 수 있는 동해시에서 살게 되었다. 우리 아파트에서 바다가 보인다고 하여 친구들 모임에서 부러움의 대상이 되기도 하였다. 바다는 이제 내 생활의 일부가 되었고 바다를 떠난 나의 삶은 생각해본 적이 없었다. 그렇다고 내가 어부의 아내가 되었다는 것은 아니다.

여름 휴가철을 맞아 손님이 오는 날에는 어판장에 나가 산 오징어회와 매운탕감을 준비하기도 하고 친정식구들 모임이 있을 때면 감당키도 어려운 문어를 사서 데쳐서 장만해가면 역시 동해댁

이라고 찬사를 받기도 했다. 이제는 제법 단골가게도 생겨 생선을 사면 도루묵이나 가자미를 덤으로 얹어주시기도 한다. 가끔 우울하거나 친정식구들이 그리울 땐 바닷가로 드라이브를 가거나 바다가 보이는 커피숍에 앉아 책을 읽다가 날이 저물면 돌아오기도 했다. 바다는 나에게 그리움이었고 치유해주는 엄마의 품 안이었고 이 도시에서 내가 살아가는 이유가 되기도 했다.

예전에는 여름방학이 되면 친구들과 아이들을 데리고 간식을 준비하여 가까운 해수욕장으로 가서 파라솔 밑에서 수다를 떨다 해거름이 되면 집으로 돌아온다. 원치 않던 모래들도 덩달아 거두어줄 마음의 준비도 하여야 한다 그 후 아이들이 성장하면서 십여 년 동안 바다를 찾지 않은 것 같다. 차를 타고 지나거나 커피를 마시며 파도와 갈매기들을 감상하는 게 전부였다.

몇 해 전 예전에 아이들과 놀던 바닷가가 그리워 그곳을 찾았는데 해수욕장은 보이지도 않고 파라솔 두어 개밖에 없었다. 수심이 얕고 넓어서 아이들이 놀기엔 꽤 안전한 해수욕장이었는데 모래사장이 다 사라진 것이었다. 모래가 유실되고 도로변까지 바닷물이 들어와 있었다. 해안 침식작용이 심각하다더니 이렇게 현실로 나타나는구나 싶어 마음이 아려왔다. 몇 줄씩 늘어서 있던 파라솔, 튜브. 보트 대여점, 식당, 매점, 샤워장 다 어디로 사라진 것일까. 우리 가족의 추억마저 고스란히 파도에 씻겨 떠내려간 것 같았다.

태풍이 몰려오는 날의 바다를 본 적이 있는가. 10미터도 넘는 잿빛 파도가 도로를 덮치고 지나가는 차량마저 삼켜버릴 기세로 넘실대는 마치 포세이돈이 화가 난 듯한 모습은 평소의 아름다운 바다와는 완전 다르다. 바다는 야누스의 얼굴을 지니고 있다. 포용과 관용으로 모든 것을 내어주고도 아까워하지 않을 편안한 어머니의 모습이다가도 화가 난 아버지의 모습으로 돌변하기도 한다. 이것은 바다의 잘못이 아니다. 인간들이 바다를 점점 화나게 하고 있는 것이다.

얼마나 많은 쓰레기를 버리고 있는지 바다 속에 얼마나 많은 쓰레기가 가라앉아 있는지도 모르고 그저 아름다운 바다만 감상해 왔던 것이다. 비닐봉지 40kg을 삼킨 채 죽은 아기 고래, 플라스틱 22kg이 들어 있는 임신한 향유고래의 사체, 거북이 코를 뀐 빨대, 태평양 미드웨이 섬에 밀려온 플라스틱과 쓰레기를 먹고 죽은 앨버트로스 사체 무더기, 까만 기름을 덮어쓴 태안의 갈매기, 그것뿐인가. 이웃 일본은 방사능 오염수를 유출하려고 호시탐탐 기회를 노리고 있고, 각종 산업폐수, 기름유출, 바다는 점점 병들어가지만 아파도 위로받을 곳이 없다. 스스로 정화작업을 하며 인간들이 느끼고 알게 될 때까지 기다리고 있는 것이다.

늘 지나고 난 뒤 후회하는 것이 인간사인데 부디 하루 빨리 깨닫게 되기만을 바랄뿐이다. 어떤 기자가 30분 동안 바닷가에서 주운 일회용 마스크만 10장이 넘는다고 하니 사람들이 얼마나 무

신경한지 알 것 같았다. 바다로 떠내려가면 물고기들이 먹을까봐 얼른 주웠다고 했다. 나는 해양환경론자도 바다 예찬론자도 아니다. 그저 푸른 바다를 좋아하고 깨끗한 바다와 함께하는 정겨운 도시의 풍경을 내 자식들과 손자들에게 계속 보여주고 싶을 뿐이다. 그리고 내가 외롭거나 힘든 일이 있을 때 이 바다가 유일한 나의 동무였고 진심으로 위로받았다고 말해주고 싶을 뿐이다.

누구나 삶이 힘들 때 바다를 찾아가 위로를 받고 나쁜 기억들을 파도에 날려버리고자 하지만 지치고 힘든 바다는 더 이상 누군가를 위로해줄 수 없다. 집어등 불빛만 보여도 낚여오던 순진한 오징어 떼도 그렇게 흔했던 명태도 이젠 찾아주지 않는 동해가 되었고 집어등 밝히는 화려한 밤바다 풍경도 사라진 지 오래이다. 태풍에 황폐해진 바다가 하루 빨리 회복되어 우리에게 부드럽게 손짓하기를 기다릴 뿐이다. 세월이 흐를수록 마음이 헛헛해지는 건 먹어가는 나이 탓만이 아닐지도 모른다. 사라져가는 추억의 그 바다가 그리운 탓일 것이다.

할머니의 냄새

10여 년 만에 대구 팔공산 동화사를 찾았다. 장마에 흥건히 적셔진 후텁지근한 바람을 맞으며 경내를 돌아보았다. 대웅전 안에 빽빽이 들어선 신도들 옆에 잠시 절을 올리고 산신각山神閣을 돌아보았다. 산신령님이 호랑이와 함께 앉아 있는 불화佛畵를 보니 순간 어릴 적 돌아가신 할머니가 생각나서 가슴이 덜컹거렸다. 한동안 잊고 살았던 그리고 애써 지웠던 할머니의 기억이 불현듯 밀려왔다.

할머니에겐 늘 용각산 냄새와 향불 냄새가 그림자처럼 따라다녔다. 큰댁에서 기거하셨던 할머니는 한쪽 벽면에 칠성님을 모셔 놓고 단 위에는 촛불과 향이 수시로 타고 있었다. 그렇다고 할머니가 굿을 하거나 점을 봐주는 무속인은 아니었고 단지 믿음의 형태라고 봐야 하지만 그 당시엔 무섭고 창피하게만 여겼다. 어쩌다 할머니 곁에서 잠이 든 날이면 어김없이 새벽녘 할머니가 정갈하게 머리를 빗어 비녀를 꽂고 정좌를 하시고 두 손을 모아 빌고 계신 모습을 어슴푸레 잠 덜 깬 눈으로 보곤 했다. 할머니는 무엇을 위해 누구를 위하여 빌고 계신 것이었을까. 아마 자식들의 성공과 손자들이 무탈하게 잘 자라도록 크게는 나라의 무사태평無事泰平을 기원하기 위해 매일 새벽 빌고 계시는지도 모르지만, 그 범주에 손녀인 우리들의 자리는 없을 것이었다.

할머니의 마음과 관심은 오직 아드님들과 손자들뿐이었고 며느리와 손녀들에겐 일절 관심도 애정도 없으신 듯했다. 그나마 내가 귀여움을 받고 있었던 건 할머니의 요강을 잘 비워드리고 허리께까지 내려오는 할머니의 머리를 정성스레 빗겨드렸기 때문이었다. 손녀들에겐 냉정하지만, 손자들에게는 관대하신 할머니가 어린 내 눈에도 놀이터에 한쪽으로 기울어져 멈춰진 시소 같은 모습이었다. 한번은 사촌 남동생이 놀러왔을 때 머리맡에서 천도복숭아를 꺼내어 먹으라고 남동생에게만 주시는 것이었다. 빨간 복숭아가 탐스럽게 나를 유혹하는 것 같아 동생에게 "누나도 한번만 먹자"고 한 입 베어 달게 먹고 있는데 서늘한 느낌이 들어 돌아보니 할머니가 나를 노려보고 계셨다. 누나가 되어 동생 것을 뺏어 먹느냐는 할머니의 책망하는 듯한 눈빛을 잊을 수가 없었다.

할머니는 우리에게 늘 무서운 존재였지만 자식에 대한 사랑은 대단하셔서 밤늦게 들어오는 아버지를 위해 엄마에게 밥 한 그릇을 담아 장롱 이불 속에 끼워두라 하셨다. 전기밥솥이라고는 없는 시대였으니 그나마 따뜻한 밥을 먹이고 싶은 어미의 마음이셨으리라. 아버지는 할머니가 고향 마을에서 얼마나 훌륭하고 대단한 여장부 같은 존재였는지를 우리에게 말씀해주셨다. 마을 사람들이 아파서 찾아오면 할머니가 치료해주셨다고도 하고 걱정거리가 있으면 찾아와 상담하고 그때마다 해결사 역할을 잘 해내는 능력자였다고 자랑스럽게 말씀하셨지만, 여자로 태어나 할머니에게 귀여움을 받지 못한 우리들과 내리 딸을 낳은 죄로 평생을 서러움으로 눈물 흘리며 살았던 엄마에겐 할머니의 존재가 무섭고 원망스럽기만 하였다. 마지막 남동생의 탄생으로 엄마는 겨우 체면을 세우게 된 것이었고 비로소 며느리로 대접받을 수 있었다.

오랜 기침으로 늘 힘들어하셨던 할머니에겐 용각산이 떨어진 적이 없었다. 큰집에 계실 때도 우리 집에 오실 때도 어느새 용각산 냄새와 향불 냄새가 따라와 요를 깔고 앉아 두려움을 풍기고 있었다. 천식과 두통이 끊임없이 할머니를 괴롭혔고 머리맡에는 용각산과 함께 '명랑'이라는 약이 항상 준비되어 있었다. 아버지는 할머니의 건강이 염려되어 병원에 입원시켜 치료도 받게 하고 몇 군데의 병원을 전전했지만 오래 앓은 할머니의 기침은 별 차도가 없었다. 바쁜 일정 속에도 할머니가 위독하다는 전언을 받으면 얼른 할머니를 모시고 병원을 다녀오셨다. 한밤중에 할머니의 기침 소리로 잠이 깨면 아버지는 곁에 앉아 기침 소리가 잦아들 때까지 다리를 주물러드리다 여명이 될 즈음 잠을 청하곤 했는데 엄마는 그런 아버지의 등만 보며 몇 십 년의 세월을 보냈고 긴 한숨은 겨울 새벽 창문에 성에로 내려앉았다.

고희古稀를 넘기고 몇 해 뒤 할머니가 결국 이 세상과 이별을 고하자 위로 형님들을 두고도 굳이 우리 집에 빈소殯所를 모신 아버지는 모두의 의견인 5일 탈상脫喪을 마다하고 기어코 일 년이란 긴 시간으로 할머니와의 이별을 연장하였다. 할머니의 영정 앞에 촛불을 밝히고 향을 피우며 365일 하루도 거르지 않고 상식上食을 올리는 엄마의 정성. 늦은 밤이면 가끔 아버지의 울음소리가 마룻바닥을 울리는 걸 알면서도 방문을 열기가 두려워 잠자는 체하기 일쑤였다. 할머니가 밤마다 우리들을 무섭게 내려다보는 것 같아 변소에 가는 것도 참을 정도였다. 할머니의 자취는 그렇게 일 년간 우리 집안에 머물러 있었다. 엄마에겐 시어머니의 환영에서 벗어나지 못한 그늘진 세월이었고 우리에겐 두려움으로 잊지 못할 어두운 시간이었다.

할머니가 떠나신 지 일 년째 되는 날. 아버지는 빈소를 접고 탈상을 하셨고 당시로서는 귀하고 비싼 공원묘지로 모셨다. 몇 달이 지난 후 둘째언니는 꿈에서 할머니를 보았다고 했다. 언덕에서 할머니가 옆에 호랑이를 거느리고 한참을 서서 보고 있다가 사라지셨다고 했다. 그땐 무섭다는 생각밖에 없었는데 어른이 다 된 지금 생각하니 저세상에서도 사업을 하고 계신 아버지에 대한 걱정을 놓지 못하셨던 것 같기도 하고 어쩌면 아버지의 효심이 하늘에 닿아 산신님 곁으로 가셨을지도 모를 일이다.

몇 십 년 동안 기억 속에 가두어진 할머니의 존재가 동화사 산신각에서 불현듯 되살아났다. 이제껏 두렵게만 생각되었던 할머니가 갑자기 서글픔과 그리움으로 다가오는 것이다. 어쩌면 할머니의 혼령이 수호신이 되어 지금까지도 우리 집안을 돌봐주고 계셨을지도 모른다는 생각에 미치자 그동안 할머니의 존재를 까마득하게 지우고 살아온 나를 죄의식의 구렁으로 밀어넣고 싶었다.

할머니가 손녀들에게 조금만 마음을 열었다면 훨씬 따뜻한 기억으로 남았을까. 그랬다면 용각산 냄새와 향불 냄새가 구수하게 진한 그리움으로 바뀌었을까 하고 반문을 해본다. 남아선호사상이 지배적이었던 시대에 태어난 할머니의 심리적 구조가 그 시대를 살아오셨던 당연한 결과임을 그때는 이해하기 힘들었었다. 자식 중 가장 사랑을 많이 받으며 자라난 아버지, 과묵한 할머니도 아버지에 대한 자랑에는 말씀을 아끼지 않으셨다. "너그 아부지는 잔소리할 일이 없었대이, 공부도 항상 일 등 하고 학교 내내 반장을 맡아 어려운 친구들도 잘 챙겼대이." 할머니가 누군가와 수다를 떠는 모습도 활짝 웃으시는 모습도 그다지 뵌 적이 없었다. 편찮으셔서 누워계시다가도 손님이 오면 일어나 비녀를 찌르고 바른 자세로 앉아 진지한 표정으로 손님을 대하신다. 그래서 할머니는 옛날 시골에서도 고민을 들어주며 해결사 역할을 톡톡히 하셨나보다.

할머니가 돌아가신 지 50여 년이 다 되어가는 지금 산신각 앞에서 곱게 비녀를 찌르고 한복을 입고 계시는 단아하면서도 강건한 할머니의 모습이 제대로 그려지기 시작했다.

내가 기억해야 할 순간

추억을 공유한다는 것은 기쁨과 슬픔의 순간을 함께 나눌 누군가가 곁에 있다는 것이다. 어떤 이에게 한번이라도 기쁨을 안겨준 적이 있었다면 이 세상에 태어난 게 의미가 있다고 위로받을 수 있을까. 과거를 영화 필름처럼 되감아 다시 돌려보는 시간, 누군가 '나'라는 존재를 떠올려준다면 괜찮은 삶이었다고 스스로 위로할 수 있으리라. 아름다운 일출에 감동하고 지는 석양에 서글픔을 느끼고 밤하늘의 별을 헤아려보며 미래를 꿈꿀 수 있는 평범한 일상이 어떤 이에겐 간절하고 특별한 하루가 될 수 있다는 걸 알게 되었을 때는 이미 너무 많은 시간이 흘러가버렸다는 것이 안타까울 따름이다.

첫째가 3살이 되던 어느 봄날, 저녁 무렵부터 갑자기 열이 나기 시작했다. 날씨가 따뜻하여 낮에 놀이터에서 오래 놀다온 것이 화근이었는지 몸이 축 처지고 머리가 뜨끈뜨끈하여 열을 재보니 38

도였다. 감기인 것 같아 우선 집에 있는 시럽 감기약을 먹였다. 조금 가라앉는 듯하더니 밤 늦게 열이 오르기 시작했다. 열을 또 재보니 40도. 수건을 찬물에 적셔 이마에 대고 효과가 빠른 좌약 해열제를 주입하고 열이 내리기를 기다렸다. 수건을 연신 바꿔가며 몸을 시원하게 닦아주었다. 열이 오르락내리락하기를 몇 차례. 손을 꼭 잡고 하느님, 부처님께 밤새 빌고 또 빌었다.

동이 틀 무렵 비로소 아이는 평온하게 잠이 들었다. 체온이 정상으로 돌아왔고 새근새근 잠든 모습이 이 세상에 아기 천사가 있다면 이런 모습이었을 거란 생각이 들었다. 아침 햇살이 창문으로 투영되어 아이 곁을 환하게 비추었다. 어루만지어 만물을 생성케 하는 힘, 세상에서 가장 찬란하면서도 부드러운 어머니의 손길이었다.

4살 된 둘째를 데리고 막내를 업고 어머니와 함께 가까운 해수욕장에 다녀올 때의 일이다. 바닷가에서 맛있는 것도 먹고 즐겁게 놀다가 석양이 질 무렵 짐을 정리하여 집으로 오는 길이었다. 가파른 계단을 올라와 기찻길을 건너면 주차장이 있다. 한창 천둥벌거숭이인 아들은 씩씩하게 뛰어가며 먼저 계단을 올라갔고 나는 셋째를 업고 힘겹게 계단을 오르고 있었다. 철길에 이르자 아들은 벌써 혼자 철길을 건넜고 바로 그때 기차가 달려오고 있었다. 심장이 멎는 순간이었다. "○○아! 거기 그대로 서 있어 다시 건너오지 말고"라고 말하려는 순간 손으로 나의 입을 막았다. 아이를 부르면 아이가 다시 엄마한테 뛰어올 것 같았기 때문이다. 열차가 지나는 10여 초가 내게는 일 년처럼 느껴졌고 지옥으로 떨어지는 것 같았다. 짧은 시간 동안 아이를 챙기지 못한 내가 얼마나 무책임한 엄마인지를 왜 하필 이 바닷가로 왔는지를 원망하고 또 원망했다.

돌아가신 아버님께 당신 장손을 잘 보살펴달라고 간절히 빌었다. 기차가 지나간 뒤 철로 옆에 우뚝 서 있는 아들을 보았다. 뛰어가서 놀란 기색이 완연한 아들을 부둥켜안고 울었다. 아들도 나도 이 세상에 다시 태어난 느낌이었다. 아버님 고맙습니다 하고 몇 번이고 마음속으로 되뇌었다. 다시 생각해도 소름이 끼치는 장면이었다. 혹 그런 순간을 경험한 적이 있다면 오늘이 보잘것없다고 삶 자체가 무의미한 것이라고 감히 말하지 못하리라. 어김없이 떠오르는 태양과 생명력을 간직하고 있는 푸른 바다, 모든 것을 품어주는 대지가 인간과 지구의 모든 생명체에게 엄청난 격려와 에너지가 된다는 것을 살아온 날보다 살아갈 날이 적게 남아 있을 때 깨닫게 된 것이다. 그것 또한 중년의 서글픔임을 인정하지 않을 수 없다.

나와 더불어 지구도 눈에 띄게 쇠퇴해간다. 이번 여름만 해도 그랬다. 몇 주째 흐림 아니면 태풍의 그늘 아래서 폭우 또는 후덥지근함으로 온 여름을 보내지 않았던가. 일주일에 단 하루라도 햇빛을 보는 게 소원이었던 여름이었다. 연이은 태풍과 일조량 부족으로 과일, 채소조차 변변히 자라지 못하여 물가는 천정부지로 치솟았다. 우리나라뿐 아니라 동남아시아에서도 물난리를 겪어 피해가 이만저만한 것이 아니었고 코로나19로 지쳐가는 사람들의 몸과 마음을 더욱 난도질하는 형상이 되었다.

비가 계속되는 주말 늦은 밤 남편이 산행을 떠나는 것이었다. 비를 맞으며 산행해야 하는 그도 마음이 불편하기 그지없지만 약속해놓은 산행을 취소하여 일행들에게 섭섭함을 안겨주기가 싫었던 모양이다. 그리고 코로나19로 인해 단체산행이 계속 미루어져왔던 차에 오래 기다렸던 산행을 포기할 수가 없었을 것이다. 그가 목표로 한 백두대간 산행 완주도 3개월 정도 미루어진 셈이다. 그는 등산 준비를 했고 나는 계속 속이 불편했다. 일단 약을 먹고 좀 나아지기를 기다리고 있었다. 제대로 체한 건지 위가 계속 아파서 배를 마사지하며 앉아 있었다. 등반 준비를 끝낸 그가 아직 배가 아프냐며 등과 배를 어루만져주었다. 트림이 나며 조금은 시원해진 것 같아 이제 걱정말고 출발하라고 했다.

밤 10시경 남편을 보내고 홀로 자리에 누워 있다보니 점차 배가 아파왔다. 조금이나마 진정시키기 위해 배를 마사지하며 심호흡을 하였다. 약을 먹었는데도 왜 이렇게 배가 아픈 걸까. 체했다 하더라도 웬만하면 가라앉을 시간이었다. 오늘 먹은 것을 곰곰이 생각해보니 딱히 상한 음식을 먹은 기억은 없는데 점심때 먹은 가자미찜의 알이 문제가 된 건가 싶었다. 제사 때 쓰고 남은 찐 가자미를 데워서 먹었는데 평소에 손대지 않던 알을 조금 먹었다. 그 후부터 배가 살살 아파오기 시작했다. 같이 먹은 남편은 괜찮은데 예민한 나에게만 찾아온 식중독이었다. 예전부터 위가 예민했던 나는 남들과 다 똑같이 먹어도 탈이 나는 것이었다. 타국에서 물을 바꿔 마셔도 배앓이를 심하게 해서 며칠을 고생했었고 살짝 맛이 간 나물을 한 젓가락 먹고도 배가 아프기도 하여 여행 갈 때 애들이 '엄마 물' 하고 따로 챙길 정도였다. 한마디로 까탈스러운 몸 구조였다. 어쩔 수 없이 계속 배를 마사지하고 따뜻한 물을 마시며 달래보았으나 복통은 점점 심해져왔다. 통증이 심하여 눈물까지 찔끔찔끔 나오는 것이었다. 곤하게 자는 아들을 깨워서 응급실에라도 가야 하는 건지 또 운전은 할 수 있을지 고민이었다.

시계는 새벽 3시 반을 가리키고 있었다. 온 방을 데굴데굴 구르다 통증이 조금 줄어들면 선잠이 들었다가 다시 아파지면 깨어나고 몇 번을 거듭하다보니 동이 터오고 있었다. 이게 내 생애 마지막으로 맞이하는 새벽인가 하는 순간 잠이 들었고 눈을 떠보니 햇살이 환하게 방을 비추고 있었다. 온 밤을 지독히 앓고 난 후에 창틈으로 비집고 들어오는 아침햇살은 누구에게나 공평하게 비치는 어제와 다름없는 똑같은 햇살이 아니다. 얼마나 찬란하고 아름다운 여신의 몸짓인지 그 빛을 보지 않고는 말할 수 없을 것이다. 통증으로 밤새 뒤척일 동안 내일이 사라질 것 같은 불안함과 찬란한 아침을 다시 맞이할 수 없을 것 같은 두려움과 나와 모든 시간을 공유한 가족들과의 추억이 잊힐까 무서웠다.

통증이 어느새 사라지고 위도 평온을 되찾았다. 장렬하게 싸워 나를 지켜준 내 위胃에 감사했고, 나의 몸을 태양의 손길이 어루만져준 것이었다. 이 평범한 일요일이 내겐 새로운 시작을 알리는 운명의 날이 되었다. 삶과 고통의 경계에 이르러서야 삶이 얼마나 소중한지를 알게 되고 가족이 서로의 삶에 버팀목이 되어 얼마나 큰 위안을 주는지를 깨닫게 되는가보다. 평생 잊지 않고 기억해야 할 소중한 아침. 소중한 순간이다.

곡비哭婢

— 故 정석교 시인을 기리며

2020년 4월 15일, 모든 이들이 국회의원 선거일로 기억하는 그 날 우리 회원들에겐 정석교 시인이 다시 돌아오지 못할 먼 곳으로 떠나간 슬픈 날로 기억되고 있다. 딸의 결혼식을 치르고 3일 후 그는 현 세상과는 영영 이별인 새로운 세계를 향해 훨훨 떠나갔다. 시인과 함께했던 시간들을 추억하며 이제 그가 남기고 간 흔적들을 한 권 한 권 정리해본다. 『산 속에 서니 나도 산이고 싶다』, 『꽃비 오시는 날 가슴에 꽃잎 띄우고』, 『딸 셋 애인 넷』, 『바다의 길은 곡선이다』, 『빈 몸을 허락합니다』, 『곡비』, 『겨울 강 푸른 뜰』 등이 정석교 시인이 남기고 간 시집들이다.

다시 한 권씩 펼쳐보니 각 시집마다 색다른 느낌과 저마다의 세상을 담고 있었다. 어느 시집엔 들꽃이 한아름 담겨 있어 작품마다 은은한 들꽃 향기가 배어 있다. 그 속에서 수많은 꽃이 피어나서 지고 꽃과 함께한 어머니에 대한 그리움도 묻어난다. 시집 『딸

셋 애인 넷』은 세 딸들과 부인에 대한 사랑이 무르익어가는 알콩달콩한 소박한 행복을 엿볼 수 있었다. 시집엔 한 가장으로서의 책임감을 느끼는 따뜻한 정 시인이 있었다. 『바다의 길은 곡선이다』는 어촌에서의 삶을 여실히 보여주며 어부들의 애환을 노래하였으며 바닷가에서 태어나 순수하게 바다를 사랑하다 간 그의 모습이 있었다. 한때 삶과 죽음의 경계에 서 있었던 시인은 전국 사찰을 다니며 고뇌와 성찰의 시간을 가졌다. 『빈 몸을 허락합니다』에서는 그의 자비로움과 수수함을 느낄 수 있었고 끊임없이 자신을 비워내며 새로운 자아를 찾고자 노력하는 자세와 그런 삶을 살고자 하는 시인의 마음을 알 수 있었다.

젊은 시절 노동운동에 정열을 바쳤던 그는 지금까지와는 다른 새로운 시세계를 『곡비』를 통해 보여준다. 사회에서 소외되어가는 사람들과 몸을 바쳐 일생을 노동으로 마감했던 노동자들의 한을 얘기하고 한편으론 힘든 가장이기도 했던 그들의 치열한 삶과 아버지의 아픔을 대신하여 울어주고자 했던 그는 깨어 있는 의식을 지닌 시인이었다. 그의 마지막 시집 『겨울 강 푸른 뜰』은 딸의 결혼식을 축하하며 하객들에게 선물로 나누어주고자 만들었던 시집이었다. 그게 마지막 시집이 될 줄을 받은 지인들도 본인 자신도 몰랐던 것이다. 시집 갈피갈피에 웨딩드레스를 곱게 입은 딸의 사진이 들어가 있고 이제 부부로서의 삶을 시작하는 딸을 위한 축시도 있었다. 평생 네 번의 웨딩 카펫을 밟는 게 소원이었던 시인, 자신과 딸의 결혼식 두 번. 그리고 아직 남은 두 딸의 웨딩 카펫을 밟지 못한 채 먼 길을 떠났다. 처음 비보를 전해들었을 때는 요즘처럼 코로나19시대에서 혹시 2주간의 자가 격리를 끝내고 우리 곁에 다시 돌아오지는 않을까 억지 기대를 했었다. 거짓말처럼 다시 우리 곁으로 돌아오면 좋겠다는 부질없는 생각들을.

내가 소속해 있는 시낭송 모임에서는 해마다 문인들을 초대하여 정기적으로 '가을시낭송회'를 개최한다. 초대하면 언제나 정석교 시인은 흔쾌히 오셔서 시낭송을 해주신다. 나 또한 정석교 시인의 출판기념회 때 빠지지 않고 축하 시낭송을 해드리고는 있지만 그 때문인지 늘 바쁜 와중에도 거절하지 않으셨다. 지난 11월 행사에도 시낭송을 부탁드리자 수락했고 시를 보내주셨다. 이미 병세가 악화되어 투병 중이었음에도 왜 그렇게 무심하게 부탁을 드린 것인지 순간 후회가 되어 문자를 드렸다. 힘드시면 참석하지 않아도 된다고 하자 '그날 뵙겠습니다' 하고 답이 왔다. 얼마 전까지 병원에 계시다 온 야윈 모습에 마음이 아팠다. 목소리 내는 것조차 힘들어하셨는데 약속을 지키기 위해 참석한 것이었다. 회장으로서의 책임과 역할에 최선을 다했고 길지 않은 생이었지만 진솔하고 역동적인 삶을 살다간 정석교 시인. 그의 발자취와 삶이 고스란히 들어가 있는 그가 남긴 시집들을 소중히 책장에 꽂는다.

정석교 시인이 가장 좋아하셨던 케냐AA 커피 한 잔과 하얀 국화 한 다발을 들고 정 시인을 찾아가 뵈었다. 볕이 잘 드는 곳에 바다 대신 하늘을 맘껏 우러러볼 수 있는 탁 트인 곳, 평화가 깃든 보금자리였다. 멀리 두타산 봉우리를 보며 지금도 시를 쓰고 계시려나 하는 생각이 들었다. 커피와 바다를 좋아했던 시인은 이제 우리 곁에 없지만 그가 못다한 삶을 애도하며 그의 시어詩語들로 위로해주고 싶었던 슬픈 인생들을 위해 우리가 대신 울어줄 차례이다. 진실과 사람다움을 알리기 위해 낮은 곳에 살며 자신을 보호하지 못할 약자들을 위해 곡비가 되어야겠다. 비록 시인처럼 아름다운 곡비가 되지는 못할지라도 조금이라도 소리를 내고자 하는 바람이다. 아름다운 분, 짧고 소박한 생이지만 참으로 잘 살다간 시인으로 우리는 기억하리라.

정. 석. 교 시인.

신데렐라 구두

몇 개월 전 언니가 백화점에서 구입하여 보내준 예쁜 구두에 뒤꿈치가 깨물렸다. 끈이 부착된 옅은 살굿빛 에나멜 구두였다. 봄과 아주 잘 어울리는 맵시 있게 잘빠진 구두였는데 아직 조석으로 찬바람 부는 계절이라 신고 다니기엔 좀 이른 감이 있어 신발장에 고이 넣어두고 한 달을 묵혀두었다. 신발장을 열 때마다 새 구두를 신을 기대감에 한껏 부풀어올랐다. 따뜻하고 상큼한 봄이 무르익어가는 날, 걷기에 조금도 부족함이 없는 화창한 날씨에 드디어 새 구두를 신고 외출을 했다. 한발 내디딜 때마다 기분은 날아갈 듯했고 거리의 쇼윈도에 신발을 비춰보며 구두 디자인에 감탄해 하며 사뿐사뿐 걸어가고 있었다. 약 5분 정도 걸었을까 발뒤꿈치에 통증이 느껴지기 시작했다 맨발에 혹시 상처가 날까 붙여둔 밴드가 구두에 밀려 떨어진 것이었다.

꾹 참고 목적지에 도착하여 신발을 벗어보니 뒤꿈치가 빨갛게

까여 있었다. 밴드를 구해 다시 붙이고 겨우 걸어왔는데 그로부터 2주간 상처가 아물기까지 뒤축이 없는 신발이나 편한 신발만을 착용해야 했다. 신발장 문을 열 때마다 새 구두는 도도하게 앉아 나를 유혹하고 있는 듯했다. 아무 발이나 허락하지 않는 이 구두를 나는 신데렐라 구두라 이름 붙였다.

두 달여 지나고 여름이 한풀 꺾이자 일회용 밴드를 다시 단단하게 붙이고 조금 걸어보니 비교적 편안한 것 같았다. 한번의 시련을 겪은 뒤 이제 신발과 내 발은 어느 정도 적응이 되어가는 듯하였다. 다음날 코로나19로 거리두기가 지속되어 모임을 할 수 없던 친구들이 10개월 만에 다시 모이게 되었다. 으레 신데렐라 구두를 신고 십 분도 채 되지 않는 거리라 걸어가기로 하였다. 모임 장소에 도착할 즈음 뒤꿈치가 화끈거리고 쓰라리기 시작했다 발에 붙여놓았던 밴드는 어디론가 사라지고 또 빨개져 있었다. 구두는 나에게 또 한번 으름장을 놓은 것이다. 내 발과 새 신발이 이렇게 맞추기가 힘든 것을 보니 신데렐라 구두임에 분명했다. 그동안 나의 못난 발에 맞춰준 신발들에 새삼 고마움을 느꼈다.

식사가 끝나고 차를 마시러 가는 100미터의 거리조차 나에겐 고행의 길이었다. 마음 같아선 택시를 타고 집으로 가고 싶었지만 모처럼 만나는 반가운 분위기에 찬물을 끼얹고 싶진 않았다. 잘 걷지 못하던 내가 속내를 털어놓자 친구들은 안타까워하며 어떤 신발인데 그렇게 힘들게 하냐며 심지어 한 친구는 본인 발보다 10

밀리 나 작은 신발에 신데렐라의 새언니처럼 억지로 발을 넣어 늘여주기까지 하여 모두의 분위기를 즐겁게 하였다.

예쁜 장미에는 가시가 있듯이 신데렐라 구두도 까칠하여 못생긴 내 발을 용납하기 쉽지 않았나 하는 생각이 들었다. 사람이 분수에 맞게 살아가야 하는데 못생긴 내 발에 신데렐라 구두는 가당치 않은 것이었는지도 모른다. 억지로 신발을 늘여준 친구 덕분에 조금은 편하게 집에 올 수 있었다. 그 후로도 일주일가량 아픈 기억과 상처로 그 신발을 신을 수가 없었고 현관에서 빛을 발하고 있는 구두의 요염한 자태가 안타까울 정도였다. 한 달이 지난 지금은 밴드를 붙이지 않고도 신발을 신을 수 있고 걷기에도 아주 편해져 아무 문제가 없다. 신데렐라 구두와 내 발이 적응하기까지 4개월의 시간이 필요했던 것이다.

새로운 것이 뭐든 다 좋은 것도 아니고 오래된 것이 다 소용없는 것은 아니다. 문득 새로운 것들과 오래되어 익숙해진 것들에 대하여 생각을 해보았다. 새로운 것이 좋다라고들 하는 것은 가전제품과 자동차뿐이라는 생각이 든다. 아날로그 세대인 우리로서는 지나치게 스마트한 제품에 적응하는 데도 정신적 소모가 크다. 최신 모바일폰에 내장되어 있는 스마트한 기능들을 중년세대는 몇 프로나 활용하며 살아갈까 하는 의문이 든다.

익숙해진다는 것은 길이 드는 것이다. 내 스스로도 길들여지고 서로가 맞추어가는 것이다. 자동차 운전도 마찬가지이다. 승용차에서 SUV로 바꾸어탈 때 운전습관을 익히는 데 한 달 정도 걸린 것 같은데 운전자의 눈높이와 제동거리와 회전반경이 다르기 때문이다. 다시 승용차로 바뀌고도 약 2주간이 걸린 듯하다. 안전하게 자유롭게 조작할 수 있으려면 내겐 그 정도의 학습 기간이 필요하다. 그러고 보면 새 신발도 계절에 맞춰 신다보면 몇 년은 신어야 할 텐데 어느 정도의 적응 기간이 필요한 것은 맞다. 신데렐라 구두를 신데렐라 아닌 사람이 신다보니 더 많은 아픔의 대가를 치르지 않았나 싶다.

새로움과 익숙함의 교차지점에서는 늘 틈이 생기고 고민도 따르게 마련이다. 익숙한 것이라고 계속 사용하다보면 발전이 없고 늘 새로움만 쫓아가다보면 오래된 것의 소중함을 모르게 되고 만족감에 늘 목말라할 것이다. 우리가 무엇을 지키고 무엇을 버려야만 하는지 늘 선택의 기로에 놓여 있는 셈이다. 원치 않아도 익숙한 것과 결별해야 할 때도 있고 새로운 물건에 적응해야 할 때도 있다. 급변하는 사회와 문화에 적응하기 힘든 사람들은 결국 문화지체를 경험하게 된다. 새로운 것을 받아들인다는 것이 누군가에겐 마냥 쉬운 일은 아니다.

최신 모바일폰을 구입하고도 예전과 패턴이 다르다고 해서 조작법이 너무 복잡하다고 하여 계속 불평만 하고 있을 수는 없는 일이다. 새로운 것에는 학습이 따라야 하는 것이다. 가끔 에너지와 시간이 소모되는 게 피곤하기도 하고, 귀찮기도 하여 새로운 것을 구입하고도 익숙한 것을 찾게 될 때도 있다. 친구와 연인, 레드와인. 전통미가 풍겨나오는 오래된 건축물, 고풍스러운 골동품 등은 오래될수록 더 좋은 것이지만 가전제품이나 자동차 특히 동력이나 기능을 요하는 대상일 때에는 오래 사용할수록 시간이 흐를수록 유지, 보수하는 데 비용이 들게 마련인 것이다. 때론 과감한 결단이 필요할 때가 있다.

우리 집엔 주행거리 25만 킬로미터를 바라보는 SUV 차가 있다. 예전에는 그렇게 소중했던 차였지만 승용차가 생기고 나니 뒷전으로 밀려나 있었다. 어느 날 서서히 고장이 나기 시작하더니 퇴물이 되어 시골 농막에 가거나 짐을 실을 정도의 소임을 겨우 해내고 있다. 진즉 보내야 하는 차였지만 남편은 좀처럼 결단을 하지 못한다. 하나둘 고장나기 시작한 후 수리비로 들어간 비용이 너무 크기도 하고 제 운행 거리만큼 우리 가족과 함께한 추억을 고스란히 기억하고 있는 차를 차마 버릴 수가 없어 여태껏 남겨두고 있는 것이다. 익숙한 것을 버려야 할 때도 분명 용기와 결단이 필요하고 변화와 이별에 대한 준비를 하며 살아가야 하는 것이다. 좌절과 고뇌를 딛고 앞으로 나아가는 우리가 살아가야 할 생의 한 단면이다

신데렐라 구두와 못난 내 발이 4개월여간 서로에게 길들여져 익숙해진 순간 나는 신발장 속에서 그동안 자리만 차지하고 몇 년째 신지 않았던 신발들을 정리했다. 버려야 한다고 생각하면서도

버리지 못했던 옷들도 의류수거함에 과감히 던져넣었다. 한번 들어가면 다시 꺼내기 힘든 구조의 의류수거함 안으로 내게 끈질기게 붙어 있었던 미련과 재활용하기 힘든 과거의 부산물들을 꾹꾹 밀어넣었다.

매 순간 과거와 미래의 중간지대에서 우리는 갈등하게 되고 현재는 우리에게 새로운 것을 받아들이려면 그것을 위한 채비를 하여야 하는 것이라고 상기시킨다. 오래된 차가 우리 가족과 헤어져야 할 때가 멀지 않았다는 것을 안다. 어쩌면 어느 순간 신데렐라가 무도회에 타고 간 마차가 갑자기 그 자리를 대신할지도 모른다. 익숙해져 있는 것들을 버린다는 것은 새로움의 시작이라는 것을 우리 가족들도 깨달을 때가 되었다. 지금 신데렐라 구두는 내년 봄을 위해 동면冬眠 중이다.

제3장

가을

바람을 느끼다

제법 서늘한 바람의 감촉이 얼굴에 와닿는다. 태풍이 지난 뒤 성큼 다가온 가을. 갑작스런 추위에 사람들의 옷은 두꺼워지고 발걸음이 더욱 빨라진다. 떨어진 은행이 바람에 굴러다니다 행인의 발에 무심히 밟혀 여기저기 가을을 묻힌다.

늘 나에게 도움을 주는 선생님이 바람에 대한 사유를 통한 글을 써보라고 화두를 주셨다. 바람wish이어도 좋고 부는 바람wind이어도 상관없다고 하셨다. 바람wish은 너무나 많아서 일일이 열거할 수가 없다. 게다가 나의 간절함이 개입되어 나 혼자만의 글이 되기 십상이기 때문이다. 부는 바람을 생각해보았다. '바람'이란 단어는 계절에 상관없이 언제 들어도 신선하고 가슴이 심쿵해진다. 바람이 분다고 느끼는 순간 어느새 마음속에 들어와 내 마음을 지배하곤 하는데 가끔은 행복한 속박이다. 바람을 소재로 한 노래나 영화, 드라마도 상당히 많다. '바람이 전하는 말', '바람 바람 바람', '바람의 노래', '바람이 분다', '바람이 불었으면 좋겠어', '바람의 아들', '바람과 함께 사라지다', '그 겨울바람이 분다' 등 그만큼 바람이 우리 생활과 밀접하게 연결되어 있다는 증거이다.

얼마 전 남부지방과 동해안을 강타하고 우리 아파트 주차장을 초토화시키고 지나간 '콩레이'처럼 무시무시한 불청객인 경우는 '노대바람', 더운 날 시골 느티나무에 앉아 쉬고 있는 어르신들의 땀을 잠시 식혀주는 건 '남실바람', 따스한 봄날 옥상에 걸린 빨래를 쉼없이 흔들며 말려주는 바람은 '건들바람', 초여름 가로수 길을 걸을 때 살짝 살짝 치마를 들어주는 '산들바람', 어느 겨울 사랑하는 사람에게 이별을 고하고 걸어올 때 뼛속까지 파고드는 바람은 '된바람', 그리고 불어오는 방향에 따라서도 이름이 달라진다고 한다. 동쪽에서 불어오는 동풍은 '샛바람', 서쪽에서 불어오는 바람은 '하늬바람', 남풍은 '마파람', 북쪽에서 불어오는 센바람은 '된바람'이라고 한다.

1

내가 느꼈던 바람에 대한 느낌과 기억을 차례차례 더듬어본다. 아주 오래 전 가까운 일본에서 처음 느껴본 태풍에 대한 기억은 두려움과 외로움 그 자체였다. 지금은 태풍이 몰려와도 두려움보다는 피해에 대한 염려가 앞서지만 그때 내가 이 세상에 태어나 처음으로 마주한 태풍은 나를 막연하게 두려움으로 몰고 갔다. 며칠 전부터 태풍 예보가 뉴스에 연일 방송되더니 드디어 D—day가 되었다. 섬나라인 일본은 9월부터 연이어 태풍이 올라오는데 이번 태풍은 시속 40㎞ 이상의 대형 태풍으로 큐슈 지방을 강타할 것이라고 안전을 당부하는 뉴스가 계속 보도되고 있었다. 사람들은 초긴장 상태가 되어 텔레비전 속보 지시에 따라 가게들은 초저녁부터 일제히 문을 닫고 태풍에 대비하기 위해 일사불란하게 움직이고 있었다. 입간판은 소등하고 도로에 널려 있는 안내판과 자전거를 깨끗하게 정리하고 큰 간판은 단단히 매달려 있는지 확인했다. 배를 항구에 단단히 결박하고 작은 배들은 육지로 올리고 사람들은 일찌감치 귀가하여 지나는 차량도 별로 없이 도시 전체가 초비상체제에 돌입했다.

태풍에 익숙지 않은 이방인인 나로서는 일제히 진행되는 이 모든 상황이 낯설고 의아할 뿐이었다. 태풍이 지나갈 것이라고 예보한 저녁 8시경 아파트 베란다 유리문 잠금장치를 하고 거리를 내려다보았다. 사람의 그림자는 어디에도 없고 바람만 휙 거리를 휩쓸었고 무게를 더하여 점점 거세어지기 시작했다. 가로등만 지키고 있는 유령 도시를 바람이 장악하며 다가오는 것이었다. 어둠의 그림자가 가로수를 미친 듯이 흔들며 엄습해왔다. 형체가 없는 하지만 느낄 수 있는 거대한 태풍의 그림자가 엄청난 힘으로 밀고 들어왔다.

불어대는 바람에 간판과 신호등은 180°로 무력하게 흔들리고 있고 거리에는 떨어진 간판과 찢어진 노렌暖簾 등 바람의 조각들이 여기저기 춤을 추며 날아다니고 있었다. 나는 두근거리는 심장을 다독이고 이 괴이한 어둠 속에서 애써 나를 붙잡고 있었다. '바람이 분다. 살아야겠다'는 폴 발레리의 시 구절만 되뇌었다. 부모님과 가족들의 얼굴이 차례로 떠올랐다. 오전에 전화 한번 드리지 못한 게 후회되었고 가족들이 기다리는 따뜻한 집이 그리움으로 밀려왔다.

베란다 문을 미친 듯이 흔들며 들어올 듯하던 바람이 30여 분쯤 지났을까 기괴한 울음소리를 내며 거리를 지나가고 갑자기 정적이 흐른다. 태풍의 가운데 아마도 '태풍의 눈'이었는지 사물은 미동조차 없었고 엄청난 고요 속에 파고드는 두려움과 외로움에 온몸에 소름이 돋을 정도였다. 바람은 살기 위하여 부는 것인지 살아 있음을 알리려고 부는 것인지 알 수 없지만 바람을 느끼는 것은 내가 아직 살아 있음의 증거라며 스스로 위로해본다. 태풍 콩레이를 보내며 25년 전 그 충격을 다시금 떠올려본다. '바람이 분다. 살아야겠다.'

2

바람이 너무나 아름답다고 느낀 건 시골 밤나무밭에 불던 산들바람이다. 아직 햇볕이 따가운 가을날 밤나무밭에 바람이 불기 시작하면 밤송이가 투두둑 떨어지고 들판에는 초록과 금빛 물결이 일렁인다. 수십 그루 되는 밤나무밭에 한번씩 바람이 휘이 지나가며 밤을 쏟아내면 우리는 장갑과 모자, 장화로 완전무장을 한 뒤 한손에는 바구니를 들고 밤을 줍기 시작한다. 80여 년 전 차마 고향을 완전히 떠나지 못하고 조금이나마 뿌리를 내리고 싶었던 할아버지는 토지를 사들이고 밤나무를 심기 시작했다. 할아버지의 바람과 애환이 깃든 밤나무가 아버지를 거쳐 지금은 홀로된 어머니에게 고스란히 남겨졌다.

해마다 가을이 되면 어머니는 허름한 농막에 밤농사를 채비하러 가신다. 밤 한 톨이라도 애지중지 여기며 분주히 움직이는 어머니의 이마에 흘러내린 땀을 가끔씩 바람이 친구 되어 훔쳐주고 있다. 주말이면 반찬꺼리와 간식을 사들고 가는 우리를 반겨주는 것도 바람이었다. 한낮의 열기를 식히며 밤새도록 나무를 뒤흔들다가 아침이면 풀밭을 온통 붉은 색으로 채색해놓는다. 식사 시간도 잊은 채 부지런히 밤을 줍다가 가끔 허리를 펴고 나무 사이로 언뜻언뜻 보이는 파란 하늘과 시원한 바람을 맞으며 잠시 휴식을 취한다. 새들의 지저귐과 가녀린 바람 소리, 나뭇잎 흔들리는 소리, 밤 떨어지는 소리가 하모니가 되어 들려온다. 이곳에서만 감상할 수 있는 자연교향곡이다. 눈을 감고 감상하며 피로를 달랬다.

가마솥 뚜껑에 삼겹살을 구워 허기를 채우고 시원한 바람을 맞으며 잠시 오수를 즐기는 행복감은 노동 뒤에 느낄 수 있는 꿀맛이다. 다시 완전무장을 하고 밤나무숲을 한 차례 돌며 그 사이 떨어져 있는 밤을 주워모아야 한다. 하루해가 뉘엿뉘엿 서산으로 넘어가고 어스름이 찾아오면 우리는 서둘러 밤이 꽉 들어찬 자루들을 챙겨 집으로 갈 준비를 한다. 몸은 녹초가 되지만 진정한 노동 뒤에는 흐뭇함과 뿌듯함이 있는 법이다. 밤나무숲을 빠져나올 즈음 바람은 냇가를 돌아 갈대숲을 흔들며 다시 나에게로 와 하루 내내 쌓인 내 땀과 피로를 끌어안고 밤나무숲으로 되돌아간다. 그곳엔 아직 어머니의 걱정과 노곤함이 남아 있다.

3

봄바람은 살랑살랑 불어온다고들 하지만 늘 그렇지만은 아닌 듯하다. 2000년 내가 살고 있는 도시와 주변 도시의 산들을 불바다로 만들어 우리를 두려움에 떨게 한 것도, 해마다 전국이 산불로 인해 귀한 삼림을 불태워버리는 것도 봄바람의 영향이 적지 않다. 해마다 봄바람과 함께 찾아오는 황사와 미세먼지로 인해 봄바람이 처녀의 가슴을 설레게 하는 시절은 다 지난 것 같다.

아침부터 흐린 영덕의 날씨는 바람마저 심상치 않았다. 어제까지만 해도 여름 날씨에 버금가는 더위로 얇은 코트마저 무겁게 하더니 오늘은 매서운 바람이 연신 대나무숲을 뒤흔든다. 영덕 블루로드 B코스 중 죽도산전망대 해파랑길을 찾았다. 바람은 바다로 다가갈수록 점차 격해졌고, 사납게 들이치는 바람은 내 머리카락과 옷가지들을 다 날려버릴 심산이었다. 무엇에 그렇게 화가

난 것인지 도무지 알 도리가 없다. 바람은 황소의 뿔처럼 나를 들이받고 그 바람의 한가운데에서 온 힘을 다해서 나를 지탱하고 있다. 쉼 없이 불어대는 바람의 소용돌이 속에서 얇은 담요 자락으로 내 몸을 감싼 채 한 계단 한 계단 힘겹게 정상을 향해 걸어나가고 있다. 바람은 세상이 그렇게 호락호락하지 않다고 몸으로 보여주고 있는 것인가. 대나무숲을 마구 흔들며 내 곁으로 무섭게 다가온다. 나를 다그치며 내게 무엇을 말하고 싶었던 것인가. 겨우 전망대에 오른 나는 망원경으로 바다를 탐색한다. 바람은 한 땀 한 땀 큰 칼로 수없이 파도를 조각하고 쉼 없이 잿빛으로 물들여 간다.

하늘과 바다의 경계가 무너진 곳에 작은 고기잡이배 한 척이 외롭게 파도와 싸우고 있다. 망원경을 조정하며 눈으로 배를 쫓는다. 어부와 그의 아내인 듯 보이는 노부부는 세찬 파도와 싸우며 뱃머리를 돌리려 애쓴다. 마치 「노인과 바다」의 한 장면을 연상케 한다. 항구로 돌아오기 위해, 그들의 집으로 돌아오기 위해 힘겹게 파도와 싸우고 있다. 최대한 중심을 잡으며 몰아치는 파도를 타고 넘으며 장하게 버티고 있는 그들을 보며 인간이 결코 나약하지 않다는 것을 잠시 깨닫는다.

언제쯤 바람은 그들을 돌려보내주는 걸까. 나를 놓아줄 때쯤 그들도 가족의 품으로 돌려보낼 것인지 아니면 바람이 알아줄 때까지 그들과 나는 최선을 다해 끈질기게 버텨내야 하는 것인지 바람의 마음을 헤아릴 수 없다. 등대에서 내려오는 길엔 다소 바람이 덜해진 듯하다. 바람도 지쳤는지 아니면 내가 바람의 관문을 통과한 것인지 내려오는 길은 훨씬 수월하다. 제법 갈대숲의 흔들림을 감상하고 카메라에 담으며 내려오는 여유가 생겼다. 항구로 내려오니 사람들이 보이기 시작했다. 어촌은 그나름의 삶을 살아가고 있는 것이다. 찾아오는 손님은 없어도 대게를 찌고 김을 올리며 삶의 냄새를 만든다. 바람에 흔들리는 배와 그물을 손질하며 부지런히 내일을 준비한다. 파도와 힘겹게 싸웠던 고기잡이배도 항구로 돌아와서 부부는 그물을 정리하고 있다. 나는 그들이 건진 그물에 최소한의 희망이라도 걸려 있기를 바랄 뿐이다. 미친 듯 바람이 불어온대도 모든 것은 어김없이 잘 돌아가고 있다.

우연하게 〈내 영혼 바람 되어〉란 노래를 들었다. 메리 엘리자베스 프라이의 자작시 「Do not stand at my grave and weep」(내 무덤에서 울지 마오)를 모티브로 해서 만든 곡이라고 한다. '천 개의 바람'이란 제목으로도 유명하다.

"그곳에서 울지 마오. 나 거기 없소./ 나 그곳에 잠들지 않았다오./ 그곳에서 슬퍼마오 나 거기 없소./ 그 자리에 잠든 게 아니라오"로 시작되는 노래이다. 가슴을 에는 듯한 가수의 목소리. 나도 모르게 눈물이 흘러내리고 있었다. 천 개의 바람이 되어 당신 곁에 있다는 영혼이 전하는 목소리였다. 순간 이 산과 들에 불어오는 바람은 누군가의 그리움이고 사랑일 수도 있다는 생각이 들었다.

밤나무밭에 불어오는 바람은 할아버지와 아버님의 숨결이었고 죽도산전망대에서 불어대던 바람은 힘내서 살아가라는 아버지의 가르침이란 생각이 들었다. 우리가 사랑했던 사람들은 메리 엘리자베스 프라이가 전하는 천 개의 바람이 되어 눈 덮인 들판에, 무르익은 곡식 위에 따스한 햇볕처럼, 아침에 눈뜨면 지저귀는 새들처럼 촉촉한 가을비처럼 우리와 함께 살아 있는 것이다. 그리하면 매서운 바람이 우리를 몰아쳐도 조금은 따스하게 맞이할 수 있으리란 생각이 든다.

10월의 마지막 일요일 또 다른 바람과의 조우를 위해 정선 민둥산으로 향했다. 우리나라 5대 억새군락지로 유명한 곳이지만 정상이 꽤 높아서 좀처럼 용기를 낼 수 없었던 곳이었다. 일기예보에 오후 강수확률이 80%였지만 우의를 준비하고 등산을 감행했다. 중턱부터 비가 오락가락하더니 드디어 빗발이 굵어지기 시작했다. 오전 10시 역시 산의 날씨는 예측불가였던가 정상 부근부터는 우박으로 바뀌더니 급기야 눈보라가 몰아쳤다. 귓불과 장갑낀 손가락 끝이 얼어붙는 듯하여 감히 사진을 찍을 엄두도 못낼 정도였다.

10월에 맞이하는 눈보라는 너무나 추웠다. 1,119m 정상에서

인증샷하고 서둘러 하산했다. 내려오는 길은 온통 진흙탕이 되어 위험스러움이 빙판길 못지않았다. 두 번이나 엉덩방아를 찧으며 미끄럼을 탄 그야말로 혹독한 민둥산 신고식이었다. 민둥산에 불었던 매서운 바람은 누구의 사랑이었을까 생각하니 살짝 웃음이 나왔다. 열렬한 환영식에 멋진 경관을 제대로 못 본 아쉬움에 내년 봄에 한번쯤 더 와야겠다고 다짐을 해본다. 무섭게 몰아친 민둥산의 눈보라도 내 곁을 스쳐가는 누군가의 사랑으로 이루어진 천 개의 바람이라면 내가 감내할 수 있는 고통의 무게이고 대지와 나를 치유할 수 있는 바람이었을 거라고 스스로 위로한다. 내년 봄에는 따뜻하고 새로운 도약으로 이끌어주는 부디 아름다운 바람으로 만나기 위한 사유의 여행을 기대해본다.

축제

하늘은 청명의 끝판을 보여주듯 사파이어색으로 단장하고 줄지어 늘어선 만국기와 각양각색의 애드벌룬이 바람에 못이기듯 흥에 겨워 미친 듯 춤을 춘다.

1984년 이래 해마다 가을에 개최해온 향토시민대축제 '무릉제' 행사장이다. 해를 거듭할수록 참가업체가 많아져 다양한 볼거리와 먹거리를 제공하며 로컬 축제로 자리매김하여 역사적 문화적 행사로 안착하여간다. 각종 특산품 판매점, 수제 옷과 가방, 액세서리점과 먹거리길을 구경하고 도자기체험장에서 내 이름을 새긴 작은 항아리를 만들었다. 아이들을 위한 미니 놀이동산도 만들어져 있었고 분재盆栽와 난蘭 전시관도 볼 만했다 젊은 외국인이 팔고 있는 수제 액세서리점에서 은으로 만든 작고 귀여운 왕관 귀걸이를 샀다. 두 번째로 구입한 왕관형 귀걸이였다. 어쩌면 나에게도 왕관을 쓰고 싶어하는 욕구가 내재하여 있는지도 모른다. 하긴 진짜 왕관을 딱 한번 써본 적이 있었다. 결혼식 날 번쩍거리는 왕관과 새하얀 드레스를 입고 그날 하루만 왕비가 되는 것이다. 헨리 8세의 왕비 '천 일의 앤'이 아니라 단 '하루의 왕비'가 되어 모든 이들의 축복을 받고 다음 날부터 고생스러운 여자의 일생의 길로 들어서는 것이다. 대부분의 여인이 그것을 감내하면서 사랑이라는 이름으로, 혹은 모성의 감성으로 그 길을 선택한다.

지역마다 특색을 살린 로컬 축제가 활성화되고 그 이익이 외부 업체보다는 지역으로 환원되어 경제에 보탬이 되었으면 하는 게 지역에 사는 소시민의 바람이다. 별관으로 가니 문인협회에서 주최하는 백일장 행사가 있었다. 아는 분들이 있어 인사를 하자 시민백일장이 좀 전에 시작되었으니 참가해보라고 권유하였다. 원고지를 받아 들고 시제詩題를 보니 여러 단어 중에 '선물'이란 글자가 눈에 들어왔다. '선물' 셋째형부가 돌아가시고 난 뒤 언니 집을 방문했을 때 형부가 가족들에게 남기고 간 선물이 있었다. 그때의 감동이 밀려왔다.

지난 추석 차례를 지내고 뒷정리하기가 무섭게 친정으로 내려갔다. 셋째언니는 역시나 오지 않는다고 했다. 여느 때 같으면 울산에 성묘를 갔다가 올라오는 길에 들를 텐데 형부의 차례도 지내야 하고 혼자 다니는 것이 아직 내키지 않아서인지도 몰랐다. 지금도 형부가 떠나셨던 그날이 생생하다. 봄이 무르익어가는 사월,

흩날리는 꽃잎과 함께 이 세상을 훌훌 떠나가신 형부의 마지막 모습은 평안하기 그지없었다. 지금껏 뵈온 형부의 얼굴 중 가장 편안하고 온화한 모습으로 주무시고 계시는데 결국 삶과 죽음의 경계는 '숨'에 달려 있는 것인지를 생각했다. 들숨과 날숨의 통로가 이 세계와 저 세계를 연결하기도 하고 혹은 단절시키기도 하는 경계인가 싶기도 했다. 많은 이들의 애도를 받으며 편안한 영면의 길로 드셨음이다.

형부의 장례를 치르고 몇 개월 후 서울 언니 집을 방문한 적이 있었다. 현관문을 열고 들어서자 형부가 환하게 웃고 계셨다. "형부 저 왔어요" 하고 인사했고 형부는 언제나처럼 "처제 왔어?" 하고 너그럽게 웃는 생전의 모습 그대로였다. 언니는 형부가 가신 게 아니라 항상 우리들과 함께하고 있다고 했다. 식탁 위에도 조카들의 방에도 형부는 웃으며 편안하게 나를 맞이해주셨다. 형부에게 드릴 꽃다발과 조카의 생일케이크를 테이블에 놓았고 형부가 좋아하셨던 노래 양희은의 〈아침이슬〉이 잔잔하게 흘러나오고 있었다. 눈물이 글썽거려 시야가 흐려질 때 무언가 무릎에 툭 하고 무게감 있게 올라왔다. 형부가 이뻐했던 푸들 '돌프'였다. 형부의 부재를 아는지 모르는지 일면식이 있는 내게 올라와 얼굴을 핥고 애교를 부리고 관심을 받기 위한 행동을 일삼았다. 순간 가족들이 모두 웃음을 터뜨렸다. 언니와 조카들의 웃는 모습, 생각했던 거보다는 잘 견디고 있는 것 같아 참 다행이란 생각이 들었다.

저녁을 먹고 조카의 생일을 축하하며 노래를 부르고 케이크를 자를 때 언니는 형부와 얘기를 나누고 있었다. "여보 오늘 당신 아들 생일이야. 당신도 보고 있지? 이제 취직해서 어엿한 사회인이 되었어. 참 든든하지? 계속 잘 지켜봐줘." 형부의 죽음 이후 늘 가슴에 무겁게 드리워져 있던 슬픔과 허전함이 어느새 사라지고 따뜻한 감동이 내 마음을 적셨다. 비록 형부는 이 세상에 계시지 않지만 형부가 가족들에게 남겨준 마지막 선물은 이 집안을 가득 채우고 있었다. 아버지로, 남편으로 베풀어준 충만한 사랑이 남은 가족들의 슬픔을 거둬간 것이다. 사용해도 없어지지 않고 다시 채워지는 샘물 같은 사랑, 세파世波에 마모되지 않는 견고한 다이아몬드 같은 사랑. 가장 완벽한 선물을 주고 가신 것이다.

50을 갓 넘긴 나이에 남편의 제사상을 준비해야 하는 언니의 심정을 생각하니 내 가슴 한쪽을 도려내는 것처럼 아파져 온다. 난생처음으로 제기祭器를 사고 과일을 고르고 전을 부치며 준비하는 내내 흘러나오는 눈물을 애써 외면하고 있었으리라. "언니 괜찮아?" "그럼! 괜찮지." 언제나처럼 미소지으며 대답한다. 나는 알 것 같다. 그 미소 뒤에 너무나 큰 슬픔이 성벽처럼 심장을 둘러싸고 있다는 것을. 글을 쓰는 1시간 동안 언니의 외로움과 고통이 내 마음을 적셨다.

원고를 제출하고 축제장을 한 바퀴 걷다보니 사람들이 빽빽이 모여 있는 모습이 보였다. 울릉도 호박엿을 판매하며 '각설이타령'을 공연하고 있었다. 피에로처럼 진하게 화장하고 열심히 노래하며 춤을 춘다. 그 곁에서 노래부르고 춤추다보면 슬픔 따위 사라지는 것일까, 박장대소하며 웃는 사람들의 표정을 보며 쓴웃음이 나왔다.

가을바람에 나부끼는 애드벌룬이 이음줄을 끊고 푸른 하늘로 높이 날아가는 모습을 보고 싶은 건 나만의 생각인가. 언니도 슬픔의 고리를 끊고 즐거운 일상으로 돌아갔으면 하는 바람이 간절하다. 며칠 후 문인협회에서 '장원'이라고 연락이 왔다. 형부가 언니와 조카들에게 남겨준 선물처럼 '축제'도 나에게 선물을 주었다. 어쩌면 글을 쓰기 시작하라는 형부의 선물인지도 모르지만, 언니의 슬픔을 대신한 선물을 거저 받아도 되는 것인지 갑자기 언니에게 미안해졌다.

기차와 교감하다

동해를 출발한 무궁화열차가 한때 탄광으로 꽤 번성했었다는 도계역을 지나고 있다. 1960년대에서 1980년대 거의 탄광산업으로 마을 전체가 생계를 유지했고 석탄가루가 골목마다 쌓여 있었다. 시냇물을 까맣게 칠한 어린이의 풍경화가 사생대회에서 대상을 탔다는 사실은 가히 그 당시의 현실을 대변해주었다.

학창 시절 우리 교실에도 석탄난로가 있었다. 매일 당번이 양동이를 들고 가서 하루치 석탄 분량을 배급받아와야 했다. 추운 겨울날 당번이 되어 석탄을 타러가는 것은 죽도록 싫은 일이어서 제발 따뜻한 날 당번이 되기를 염원했었다. 몇 년 뒤에는 조개탄으로 바뀌었고 연소시간이 조금 길어지고 연기가 덜 난다는 것 외엔 별 차이는 없었다. 난로 위에 도시락을 얹어놓았다가 먹곤 했는데 어쩌다 재수 좋은 날엔 아래쪽에 깔려 따끈해진 도시락을 맛있게 먹는 행운도 얻을 수 있었다.

집은 연탄보일러로 바뀐 뒤 잠자기 전 3구에 두 개씩 도합 연탄 여섯 장을 갈아야 하는데 붙어 있기 일쑤여서 떼어내기도 힘들고 매서운 바람 맞으며 집 뒤 곁에 있는 보일러실로 누구도 선뜻 가려고 하지 않았다. 매번 가위바위보로 진 사람이 가야 했는데 가위바위보에 약한 내가 자주 걸리곤 했다. 가끔 출출할 때면 보일러실 뚜껑에 말린 떡국용 떡을 구워서 먹는 재미도 쏠쏠했다. 어느 순간 기름보일러로 바뀌어 석탄과 연탄은 자취를 감추게 되었다. 철암역이다. 아직 검정이 남아 있는 벽들과 거뭇거뭇한 바위들로 칙칙해진 어두운 역사를 지나며 한가정의 가장이란 책임감으로 목숨을 걸고 일했던 광부들의 검은 땀과 진폐로 얼룩진 세월의 흔적을 생각해본다.

기차는 점차 초겨울 풍경 속으로 달음질치는데 나는 아직 가을의 끝자락에 매달려 지나치는 풍경마다 가을의 흔적을 찾아 헤매고 있다. 모처럼 발견한 노란 은행나무 길을 차창으로 흘려보내며 말없이 기차역에 내려주고간 그와 나와의 아픔을 떠올려본다. 서로의 축복 속에서 즐겁게 보내야 할 결혼기념일이 생애 최악의 날이 되어버렸다. 며칠 전부터 서로가 냉전 중이었기에 결혼기념일을 크게 기대한 것은 아니었다. 그냥 기억해주고 아무 일 없었다는 듯 함께 식사나 하면 되는 것이었는데 아무런 말도 없이 다른 모임에 다녀온 그의 무심한 태도에 화가 치밀어 한마디 쏘아붙였다. 그게 뭐에 그리 중요한 일이냐고 그도 덩달아 화를 냈다. 서로

참았던 감정들이 부딪혀 불꽃이 일고 말았던 것이다.

'부부 싸움은 칼로 물 베기'라고들 하지만 물방울만 허공으로 흩어질 뿐 칼을 휘두른 자의 아픔과 칼날에 베인 상처는 고스란히 남아 있는 것이다. 결혼기념일 저녁 혼자서 아침에 먹다 남은 된장찌개에 고추장과 식은밥을 비벼 꾸역꾸역 목구멍에 밀어넣는 내 처지가 가여워 떨어지는 눈물도 함께 삼켰다. 꽃 한 송이 없이 빈손으로 들어온 그는 굳게 방문을 닫았고 우리 사이에는 이미 틈이 벌어졌다. 그 틈에는 냉정과 원망이 가득 차 있어 냉기만 새어 나오는 것 같았다.

기차가 영주에 들어섰다. 십오 년 전에 아이들을 데리고 부석사에 다녀온 생각이 난다. 더운 여름 막내를 유모차에 태우고 끙끙대며 땀범벅이 되어 부석사로 올라가던 그의 모습은 안쓰러울 정도였다. 아이들에겐 그지없이 애정어린 자상한 아빠였고 지금도 그 사랑은 여전하다. 이제 모두 성인이 되어 엄마, 아빠를 화해시켜줄 아이들이 아무도 곁에 없다. 다투다가도 아이들에 관한 일이 생기면 의기투합하여 잊어버리고 어느새 함께 이야기를 나누곤 했었는데 지금의 우리는 티격태격 서로의 자존심에 생채기를 내며 늙어가는 중년 부부에 불과하다.

기차가 예천역에 들어서고 있다. 어느새 차창 밖은 어둑해지고 새로운 사람들로 가득 채운 기차는 어둠 속을 향해 돌진하고 있다. 가로등도 보이지 않는 산길을 한 자동차가 라이트를 비추며 외로이 달려가고 있다. 좌우로 돌아볼 여유조차 없이 앞만 보며 오직 인생의 끝을 향해 나아가는 나의 자화상인 것만 같아서 서글펐다. 자동차 불빛조차 연민으로 다가오는 따스한 밤이다. 기차가 신음소리를 내며 다음 역을 향해 출발한다. 삐꺼덕 삐꺼덕 살아온 세월만큼이나 힘겹게 전진하고 있다. 참으로 얼마나 먼 길을 돌고 돌았는가. 이 강산 여기저기 한시도 쉬지 않고 많은 세월 동안 묵묵히 달려오지 않았던가. 운행 거리를 훈장처럼 기록하며 살아온 세월에 이제는 힘들다고 얘기할 때도 된 것 같은데 나라도 괜찮다면 계속 들어주고 싶었다.

이윽고 종착역. 언제 들어도 익숙한 억양의 사람들, 가까이 다가가기만 해도 정겨움이 느껴지고 숨이 쉬어지는 나의 고향, 우리 엄마가 계시는 곳이다. 누군가에게 기대어 쉬고 싶었다. 그와의 불협화음도 잠시 가라앉힐 수 있는 곳 누군가의 엄마와 아내가 아닌 딸로서 잠시라도 있고 싶어 찾은 고향이다.

호모비아투르는 길 위에 있을 때 아름답다. 꿈을 포기하고 한곳에 안주하는 사람은 비루하다. 집을 떠나 자신과 대면하는 시간을 가진 사람만이 성장해서 집으로 돌아온다. 스스로에게 한 가지를 물어보라. 이 길에 마음이 담겨 있는가? 마음이 담겨 있다면 그 길은 좋은 길이고 그렇지 않다면 그 길은 무의미한 길이다. 마음이 담긴 길을 걷는다면 그 길은 즐거운 여행길이 되어 너는 그 길과 하나가 될 것이다.

—「새는 날아가면서 뒤돌아보지 않는다」 중에서

다음날, 기차가 다시 동해를 향해 달리고 있다. 잠시나마 즐거웠던 동창들과의 만남을 생각하니 웃음이 나온다. 40여 년이란 세월을 건너뛰어도 금방 허물없이 얘기를 나눌 수 있는 친구가 되는 이유는 같은 추억을 공유하고 있어서일까 오랜만에 눈물이 나올 정도로 웃어본 것 같다. 엄마는 모든 것을 다 기억하진 못하지만 딸의 얼굴과 이름은 잊어버리지 않으신 것 같다. 그것이 자식에 대한 마지막 애정의 표현이기도 하고 사라지는 현실과 과거의 경계에서 당신을 지키기 위한 의지인 것 같아 마음이 아프다.

"엄마 나 왔어" 하면 "그래 힘들었제" 하고 늘 반갑게 웃으신다. "엄마 나 갈게" 하면 금세 눈물을 훔치는 우리 엄마는 세상에서 가장 예쁜 치매환자이시다. 이 세상에서 '엄마'란 보기만 해도 든든하고 기분이 좋아지는 존재인지도 모른다. 훗날 우리 자식들에게도 그렇게 기억되는 엄마였으면 좋겠다는 생각을 해본다.

벌써 산 그림자가 지고 가로등이 일을 마치고 귀가하는 사람들과 차량에 조심스럽게 불을 밝혀준다. 낯익은 건물과 거리, 분명 기차는 내 집을 향해 가고 있는데 나는 어딘가에서 길을 잃고 거리를 헤매고 있다. 얼마 안 되는 승객들로 한결 가벼워진 기차는 점점 빨라지고 열차가 내뿜는 엔진 소음과 탁한 냄새만이 객차 안에 가득하다. 반대편 좌석에 앉아 있는 노부부가 빵을 꺼내어 나눠 드시는 모습이 퍽이나 다정스럽다. 도시에 사는 자녀 집에 다녀오는 길인지 순박한 얼굴에 만족한 미소가 어려 있다. 저분들의 행복은 멀리 있는 것이 아니다. 이미 행복해지는 방법을 알고 있기에 굳이 행복을 찾을 이유도 없을지도 모른다, 몇 십 년 후 우리 부부도 저렇게 다정히 살아갈 수 있을까. 며칠 동안 나를 옭아매고 있는 복잡한 감정과 회의라는 상처가 완전히 아물지 않은 채 거즈로 살짝 덮여있는 것만 같다.

기차가 긴 터널 속으로 들어가자 탁한 공기로 가슴이 답답해졌다. 나는 '기사단장 죽이기'의 기사단장을 따라 어두운 메타포의 터널로 끝없이 빨려들어가고 있는 것이다. 빛도 없는 엄마의 자궁 같은 암흑 속에서 자신을 괴롭혀왔던 나쁜 기억에서 벗어나 행복했던 순간들을 떠올리지 못하면 어둠에서 벗어날 수 없는 주인공처럼 과거의 기억들을 끄집어냈다. 엄마와 함께한 시간, 옛날 아버지와 함께했던 가족여행, 친구들과의 만남. 그리고 우리 아이들과의 즐거웠던 날들, 내가 아팠던 시간만큼이나 터널은 더욱 길어졌다.

기차는 차창 속에 투영된 초췌한 중년 여인을 태우고 거침없이 달려간다. 삶에 지친 여인의 얼굴엔 생기가 없고 웃음도 사라진 지 오래이다. 억지 미소라도 지으려 하지만 그것이 부자연스럽고 행복을 가장한 가식적인 미소에 불과함을 여인도 알고 있다. 10

년 전으로 아니 20년 전으로 돌아가면 행복한 미소를 찾을 수 있으려나. 당당하고 자신만만하게 완벽한 사랑을 찾을 수 있으리라 오만했던 30여 년 전으로 돌아가면 어떠할까.

기차는 시간을 돌고 돌아 메타포의 터널을 벗어난다. 새로운 공기가 유입되어 객차 안을 정화시키고 창문 맞은편에 앉은 기사단장이 무표정하게 여인을 바라본다. 차창 밖으로 낯익은 야경이 펼쳐지자 나는 그에게 무덤덤하게 문자를 보냈다. '9시 50분 도착 예정.' 기차는 예정된 시간보다 5분 일찍 도착했다. 정겨운 플랫폼으로 서서히 들어서자 짐을 챙기며 힘겨워하는 기차에게 인사를 한다. "오늘도 수고했어, 그리고 나를 집에까지 데려다줘서 정말 고마워."

바람이 차다. 내일은 기온이 뚝 떨어져 본격적인 초겨울 날씨가 될 것이라고 예보했다. 기차에서 내려 재빠르게 걸음을 재촉하는 사람들 사이로 나는 뚜벅뚜벅 걸음을 옮긴다. 차가운 바람이 오히려 신선하게 볼에 와닿는다. 멀리 가로등 불빛 아래 누군가가 나를 보며 기다리고 있었다. "어서와 저녁 안 먹었지?" 하며 그는 내 짐을 받아든다. 내일은 맹추위가 와도 견딜 수 있을 것 같다. 이미 11월이니까.

어머니의 가을

차창 밖으로 봄이 지나고 벌써 밤꽃 향기가 코를 찌른다. 물색없는 계절의 흐름이다. 산 곳곳에 버짐처럼 허옇게 핀 밤꽃을 보며 밤나무와 함께한 어머니의 삶을 생각한다.

어머니의 가을은 산채에 어둠이 내리는 것과 같이 빨리 찾아온다. 해마다 8월이 되면 어머니의 마음은 벌써 밤나무밭에 가 있고 할 일이 머릿속에 가득하고 마음이 분주하다. 밤이 떨어지기 전에 풀을 베어 바닥을 정돈해놓아야 밤을 줍기가 쉬우며 밤나무밭에 오르는 초입 길도 닦아놓아야 안심이다. 한여름 땡볕 아래 3천 평이나 되는 밭의 풀을 벤다는 것은 쉬운 일이 아니다. 게다가 돌과 바위가 있는 경사진 곳도 있어 남편이 돕는다고 해도 두 명의 인부를 사야 한다. 꼭두새벽부터 시작하여 해가 서쪽 산마루에 걸릴 때쯤에야 일을 마무리 짓는다.

고향 밤나무밭에는 하룻밤 겨우 쉬어갈 만한 허름한 농막 한 채가 있다. 밤이 익을 때가 되면 어머니는 쌀과 부식, 고추장, 된장을 챙겨 그 집으로 가신다. 밤나무밭은 마을 앞 하천 건너편 산자락에 넓게 펼쳐져 있는데 건너는 다리가 없어서 도로변에 차를 세워두고 폭이 꽤 넓은 하천을 건너가야 한다. 징검다리가 놓여 있긴 하지만 그나마 비가 많이 오면 잠기므로 물을 삼고 건너야 한다. '물을 삼고 건넌다'는 것은 그냥 물 안으로 들어가 건너간다는 이곳 사람들의 표현이다.

초가을에는 태풍이 자주 오는지라 일기예보에 촉각을 곤두세운다. 하천에 물이 불어나 허리께까지 차기 시작하면 물살의 흐름이 빨라 건너갈 엄두도 내지 못한다. 몇 해 전 큰 태풍이 온다는 예보가 있어서 자식들의 간곡한 만류에도 불구하고 어머니는 기어코 밤나무밭으로 건너가셨다. 며칠째 내린 비로 물은 무섭게 불어났고 소용돌이치며 흘러가는 물살은 감히 세인의 근접을 허락하지 않았다. 결국, 어머니는 그해 추석을 홀로 농막에서 쓸쓸히 보내고 성묘온 우리들을 따라나서지도 못하셨다. 콸콸 흘러가는 넓은 하천을 사이에 두고 우리의 목소리가 허공을 타고 건너편에 계신 어머니께 전달되었다. "어머니 괜찮으신 거예요? 식사는 잘 하고 계셔요?" 어머니는 쌀이 있으니 걱정말라고 한 손을 내저으며 어서 출발하라고 하신다.

밤이 떨어지기 시작하면 어머니는 밤 생각에 식사조차 제대로 할 시간 없이 마음이 분주하다. 오랜만에 밤나무밭에 모인 며느리들이 밥 먹고 잠시 수다가 늘어지면 빨리 가서 밤이나 주워오라고 큰소리를 내신다. 어머니는 하루해가 넘어가는 게 안타까우신 것이다.

80여 년 전 할아버지는 타향에 계시면서도 고향에 대한 미련을 버리지 못하고 이 땅을 사들여 밤나무를 심기 시작하셨다. 백여 그루의 밤나무가 커가는 것을 지켜보며 가슴속 뿌듯함을 느끼셨겠지만, 밤을 수확하고 판매한다는 것이 얼마나 힘이 드는 줄은 생각 못하신 것 같았다. 그 고생은 고스란히 어머니의 몫으로 남겨진 셈이었다. 세속에 물든 우리로서는 그 돈으로 도시에 땅을 사셨으면 지금쯤 꽤 부자가 되어 있지 않았을까 하는 안타까움이 생기는 건 사실이다.

그러나 평생을 대쪽처럼 곧게 살아오셨고 젊은 시절 독립운동까지 한 할아버지가 그런 잇속을 차리셨을 리 만무하다. 그저 고향에 대한 그리움으로 언젠가는 고향에 돌아와 뿌리를 내리고 사실 날을 기대하며 밤나무를 심었을 것이다. 밤나무가 땅속에 깊게 뿌리를 내릴수록 할아버지의 마음은 더욱 든든하셨으리라. 할아버지의 애정을 담은 밤나무는 이제 어머니와 함께 인생의 내리막길로 접어든 것이다.

아버님이 계실 땐 일꾼들을 고용하여 수확하고 어머니가 장에 가서 파셨다고 한다. 결혼한 뒤 어머니가 시장에서 밤을 판다는 사실이 내겐 상당히 충격으로 와닿았다. 얼떨결에 장까지 따라나선 나는 창피하여 몸 둘 바를 몰랐다. 이제껏 장사라는 걸 해보지도 않았고 생각해본 적도 없었기에 여간 당황스러운 게 아니었다. 잠시 좌판 옆에 앉아 있다가 며느리의 역할을 조금이나마 했다는 생각이 들면 아이들 핑곗거리를 만들어 얼른 자리를 뜨곤 했다. 그 후 몇 해가 지나자 "밤 사 가세요. 맛있는 밤이에요"라는 소리가 겨우 입 밖으로 나왔다. 밤 한 되에 깃든 정성과 노동의 가치를 조금은 알아갈 때였다.

아버님이 환갑을 채우지 못하고 갑작스럽게 세상을 떠나시자 밤나무밭에 대한 책임은 어머니께 고스란히 남겨졌다. 밤농사가 몸서리치도록 지겨우실 때마다 이 땅에 밤나무를 심으신 할아버지의 선택을 몇 번이나 원망하셨을까. 눈물과 땀으로 견뎌온 세월의 무게에 지치실 때도 되었다. 그토록 강인하셨던 어머니도 해를 거듭할수록 노쇠해지자 그 토실토실한 밤이 애물단지가 되어 주변에서 밤나무를 베어버리자는 의견까지 나왔다. 다른 자식들은 먼 타지에 살고 있어 마음만 있고 가까이 살고 있는 남편도 세월 앞에 장사가 없는지라 주말마다 시골에 내려가 일을 돕는 것이 힘에 버거워지기 시작한 것이다.

밤을 수확해서 밤 포대를 지고 몇 번씩이나 물을 건너고 집까지 운반해오는 작업을 남편은 수십 년을 해왔다. 본가에 오면 어머니는 저녁을 드시는 둥 마는 둥 몸이 녹초가 되어 다시 못 깨어날 듯

주무시다가 새벽이면 벌떡 일어나 밤을 깨끗이 정리하고 벌레 먹은 밤을 골라내고 굵기에 따라 나누어 장에 가실 준비를 한다. 어디에서 그 기운이 되살아나는 것인지 불가사의한 일이다. 더러는 피곤함의 불똥이 애꿎은 내게 돌아오기 일쑤이지만 서운하다가도 지친 몸과 여윈 얼굴을 보면 같은 여자로서 안쓰러울 때가 있다. 운수가 좋아서 밤이 잘 팔린 날에는 얼굴엔 생기가 가득하고 장터에서 있었던 일을 무용담처럼 얘기해주신다. 밤은 어머니의 건강을 염려하는 자식들에겐 애물단지로 여겨지지만 어머니에겐 회생이며 생활의 활력소이기도 한 모양이다.

밤나무숲에 어스름 해가 기울면 집 뒷산에서부터 땅거미가 내려오기 시작한다. 사위가 조용해지고 어둡고 서늘한 기운이 몰려오는 듯하여 얼른 저녁을 먹고 잠자리에 든다. 어둠은 온갖 망상을 불러일으키고 쉬이 익숙해지지 못하는 나는 측간에 갈 때도 자는 남편을 깨워 앞세운다. 모기향 연기가 자욱하게 어둠 속으로 흩어지는 모습을 보며 툭툭 밤 떨어지는 소리가 짐승의 발자국 소리 같기도 하여 두려움에 깨기를 반복하며 낯선 아침을 맞는다.

어머니는 장작 지핀 구들장에 하룻밤 자고 나면 그 다음날 몸도 마음도 개운하다고 하신다. 그 집엔 예전에 거처하였던 아버님과의 추억이 묻어 있고 그 집을 손수 지으신 아버님에 대한 그리움이 남아서일까? 어쩌면 부드러운 바람결에 피로를 달래주는 아버님의 손길이 전해질지도 모른다. 날이 밝자마자 어느새 어머니는 밤나무밭을 한 바퀴 돌아보고 한 자루 가득 밤을 채워 놓으셨다. 햇살이 부드럽게 밤나무숲을 감싸고 바람이 아침 인사를 건넨다. 눈부시게 일렁이는 나뭇잎의 그림자에 이끌려 나는 챙 넓은 모자를 눌러쓰고 장화를 신고 숲으로 들어간다.

드뷔시의 피아노곡 〈달빛〉을 들으며 예쁜 밤들을 줍고 있다보면 노동이 아니라 잠시 아름다운 유럽의 시골 풍경 속을 거닐고 있는 착각에 빠지기도 한다. 밤나무를 베어버린다는 것은 쉽지 않은 일이다. 할아버지의 고향애故鄕愛를 저버리는 일 같기도 하고 평생을 밤과 함께 보낸 어머니의 삶의 의미와 추억을 앗아버리는 일 같기도 하여 진중하게 생각해봐야 할 것 같다. 적어도 밤을 수확하는 몇 개월 동안 어머니는 나름 당신이 살아 있다는 기쁨과 목적의식을 가지고 힘차게 살아가실 수도 있을 것이다.

아버님과 갑작스럽게 이별한 뒤 이십여 년의 고독한 세월과 흔적들을 밤 자루에 채우며 쓸쓸함을 달래고자 하신 지도 몰랐다. 이제껏 밤은 혼자되신 어머니의 인생 동반자 같은 역할을 해내고 있었던 것일까. 어머니의 가을은 늘 빨리 온다. 이제껏 그래왔듯이 내년에도 앞으로도 수년간 그러하기를 바라지만 어머니의 가을은 그리 오래 머무를 것 같지는 않다. 십여 년이 지난 후 내게도 빨리 가을이 찾아올지도 모른다. 그때쯤은 다가오는 가을을 맞이할 준비를 하여야 하는 건지 요즘 깊은 고민에 빠져 있다.

'툭툭 후드득' 가을바람이 또 한번 밤나무밭을 휘돌아나가며 밤나무에게 말을 건네는 소리이다. "자 이제 새로운 세상을 향해 나아가야 할 때야." 밤 떨어지는 소리가 귀에 잘 들려오면 철이 드는 것이라더니 반평생 넘어서야 내가 철이 드는가보다. 이번 가을엔 밤이 퍽이나 달다.

불청객

오랫동안 마스크와 함께한 세월의 무게가 갑자기 바윗덩이가 되어 내 가슴을 짓눌렀다. 마스크 속에 가려진 나의 존재는 어디에고 찾을 수가 없었다. 웃음도 미소도 노여움도 슬픔도 모두 가려진 삶, 마주치는 사람들의 진심마저도 가늠하기 어려운 세상에서 감히 살아간다고 말할 수 있을까. 시댁과 친정을 오가며 바삐 보냈던 추석 연휴의 막바지, 7번 국도를 달렸다. 넘실대는 푸른 바다를 보니 내 안에서 무언가가 꿈틀대기 시작했다. 30여 년을 마주 보던 고향 같은 바다였으나 오늘만큼은 속이 뻥 뚫리는 시원한 사이다 같은 청량감으로 다가왔다. 며칠간의 피로를 위로받고 싶었던 나는 다급하게 차를 세웠다.

모래사장에 텐트를 치고 해 저무는 바다를 바라보며 여유롭게 앉아 있는 사람들이 보였다. 어떤 이들은 차 옆에 그늘막을 치고 저녁을 준비하는 사람들도 있었고 이미 이른 저녁 식사를 끝낸 사람들은 의자에 앉아 커피를 마시고 있는, 다시 없는 여유로운 풍경이었다. 우리도 서둘러 차 옆에 돗자리를 깔고 가져온 커피와 과일을 펼쳤다. 그들 속에 섞여 9월의 석양 바다를 만끽하며 잠시 시름을 달래다 오고 싶었다.

그날부터 텐트를 장만해서 캠핑하고 싶은 것이 내 버킷리스트가 되었다. 콘도나 펜션이 아닌 자연 속에서 휴가를 보내고자 계획을 세웠고 같이 있었던 딸과 아들도 마음을 모았다. 아이들이 어릴 때는 캠핑을 한다는 것이 엄두가 나지 않아 텐트를 장만할 생각조차 하지 못했다. 코로나19라는 팬데믹 상황이 나를 밖으로 내몰았고 자연의 품 안으로 돌아가라고 부채질하는 것이었다. 그리 비싸지 않고 실용적이고 설치가 용이한 것을 선택하느라 우리 가족은 머리를 모았고 캠핑에 필요한 모든 장비를 속속 구비하고 만반의 준비를 마쳤다. 바닷가 쪽 캠핑장은 연휴여서 이미 예약이 완료된 상태였고 어쩔 수 없이 계곡 쪽 야영장을 선택했다.

캠핑 1

우리는 소풍을 앞둔 아이처럼 그날을 손꼽아 기다렸다. 그런데 아뿔싸! 며칠 전부터 계속 비가 내리는 것이었다. 토요일 오후부터는 비가 그칠 것이라는 일기예보에 다행스러워하며 준비를 했다. 짐이 많아 차 두 대에 나눠 싣고 설레는 맘으로 출발한 지 한 시간. 달려도 달려도 도무지 끝이 보이지 않는 첩첩산중으로 내비

게이션은 우리를 데려가고 있었다. 그동안 내린 비로 계곡에는 황토물이 소용돌이치며 흘러가고 있었다. 교행조차 쉽지 않은 좁은 산길을 10분쯤 들어가니 물소리가 마치 폭포 소리처럼 웅장하여 소름이 돋을 정도로 넓은 천이 나왔다. 주차를 하고 우선 텐트를 치고 짐을 부리고 나니 비가 그쳤다.

흐린 날 계곡의 어둠은 빠르게도 찾아왔다. 한쪽에서는 저녁 준비를 하고 한쪽에서는 매트에 바람을 넣고 텐트 안 잠자리를 정돈했고 텐트 앞에는 환한 조명 장치와 예쁜 알전구를 드리워 우리가 상상했던 캠핑장 풍경을 현실로 만들었다. 야외에서 구워먹는 고기 맛이야 말해서 무엇하랴. 소시지구이와 채소에 맛있는 코펠 밥은 다시 없는 만찬이었다. 설거지를 끝내고 원두커피를 내려 훨훨 타오르는 모닥불을 보며 커피를 마실 때는 행복의 절정이었다. 각 텐트마다 색다른 사람들이 모여 저들만의 야영을 즐기며 살아가는 얘기들을 나누고 있다. 우리도 맥주를 마시고 게임을 하며 밤이 깊어감을 아쉬워했으나 어둠은 점점 깊어가고 각 텐트마다 하나둘씩 불이 꺼진다. 홀로 남은 모닥불은 외로움을 견디지 못하여 남은 불꽃마저 어둠에 투항해버리고 화려한 캠핑의 밤은 막을 내린다. 다시금 비가 내리기 시작한 것인지 텐트 지붕이 소란스러워지기 시작했다. 빗소리와 계곡물 소리로 밤은 퍽이나 길고 너무 추웠다. 서로의 온기로 데워가며 긴 밤을 버텨냈다.

아침햇살이 음습해진 텐트 안을 기웃거렸다. 눈부신 햇살이 숲을 비추고 나무는 온몸으로 그 빛을 흔들며 우리에게 자연의 소리와 빛의 하모니를 들려주고 있었다. 나뭇잎에 맺힌 빗방울은 빛을 발하며 서로에게 태양의 메시지를 전해주는 것 같았다. 아! 탄성밖에 내뱉지 못하는 이 아둔함이여! 이 아름다운 자연 속에 인간은 잠시 들어선 불청객不請客일 뿐이었다. 잊을 수 없는 눈부심이었다.

캠핑 2

첫 캠핑이 궂은 날씨로 많이 아쉬웠던 우리 가족은 겨울이 지나고 따뜻한 봄이 되자 다음 캠핑 계획을 세웠다. 5월 초순 기후도 따뜻하니 바닷가가 괜찮을 거라고 생각했지만 연휴에는 예외 없이 바다 캠핑장은 예약 완료였다. 이번에는 집에서 자동차로 20분 거리의 비교적 가까운 휴양림을 겨우 예약했다. 첫 번째 캠핑에서 아쉬웠던 품목들을 산악동아리였던 딸이 열심히 장만하기 시작했다. 의자와 식탁 세트, 야외 전골냄비, 침낭, 작은 숯불화로(모닥불을 못 피우는 캠핑장)도 필요했다. 캠핑 도구로 방 한 칸이 가득 찼다. 만반의 준비를 하고 아이들도 미리 내려와 캠핑을 위한 쇼핑도 마쳤다. 그런데 아침부터 비가 오기 시작했다. 오후엔 그친다는 일기예보를 믿고 캠핑장으로 이동했다.

우리가 캠핑 갈 때마다 어찌 이리도 비가 내리며 왜 비를 맞으며 텐트를 쳐야 하는 것인지, 정녕 자연은 또 우리를 초대할 수 없는 것인지 급기야 원망스러운 맘까지 들었다. 어제까지만 해도 갑작스러운 한여름 더위로 때이른 에어컨을 켰었는데 오늘은 180도 쌀쌀한 가을 날씨로 바뀌어버렸다. 흩뿌리는 비를 맞으며 한 시간여에 걸쳐 두 채의 집을 완성했다. 잠깐 햇살을 비춰주는가 싶더니 해는 이내 서산으로 넘어가고 기온이 15도로 뚝 떨어지더니 점차 바람이 차가워지기 시작했다. 담요를 꺼내어 무릎을 덮고 서로에게 기대어 온기를 나누며 우선 따뜻한 커피를 마셨다. 남편과 큰아들은 바비큐를 준비하고 나머지는 테이블에서 야외용 전골 용기에 '밀푀유나베'를 만들어 따뜻한 국물을 연신 마셔가며 속을 데웠다. 기온은 점점 내려갔지만 밥을 맛있게 먹는 동안 추위쯤은 견딜 수 있었다. 저녁을 먹고 난 뒤에 커피를 마시며 해가 저무는 하늘빛과 어둑해진 산세를 감상할 수 있는 것이 다시 없는 낭만이라 여겼다.

숯화로를 피우고 둘러앉아 불을 쬐며 각자 살아가는 에피소드를 얘기하며 가족 간의 화합을 다졌다. 사소한 대화에도 진심으로 즐거워하며 공감하고 편하게 웃을 수 있는 가족은 가장 소박하고 순수한 집합체이다. 불빛이 하늘로 올라 불꽃과 별빛이 하나 되어 춤을 추며 그 속에 잠시 '나'를 놓아둔다. 빛들이 어둠 속으로 빨려들어가고 나도 덩달아 빨려들어간다. 잠시 동안 평안한 불멍은 막을 내리고 각자 침낭 속으로 들어가 잠을 청했다. 새벽 2시 계곡의 물소리와 텐트를 흔드는 바람 소리. 기온이 4도가 되는 초겨울

추위를 만난 것이었다. 이곳 영동 날씨는 봄이 되어도 추운 날씨가 계속되다가 어느 순간 여름이 되어 봄이 없다고들 하지만 어제 한여름 같은 날씨였는데 갑자기 초겨울로 건너뛰어 떨어보긴 처음이다.

추위에 눈을 떠보니 옆에서 잠들었던 딸이 없어졌다. 화장실을 가봐도 없었고 딸의 자동차도 보이지 않았다. 전화조차 받지 않으니 눈앞이 캄캄했다. 남편을 깨워 찾으러나가야 하나 싶을 때 딸에게서 전화가 왔다. 너무 춥고 몸이 아파서 집에 들어왔다는 것이었다. 따뜻하게 샤워하고 자려고 하니 걱정하지 말라고 했다. 아픈 몸으로 어두운 길을 혼자서 운전해서 갔을 생각을 하니 마음이 아팠다. 딸은 무슨 일이 생겼을 때 늘 혼자서 감당하고 해결하려 할 때가 많다. 순간, 캠핑이 뭐라고 나의 욕심만 차린 거 같아서 모두에게 미안했다. 결국 이번에도 나는 자연에게 초대받지 못한 불청객일 뿐이었다.

아침 해가 떠오르자마자 짐을 꾸렸다. 아이가 아픈데 캠핑이 무슨 의미가 있을까? 딸은 몇 번의 자가진단을 해본 결과 코로나 양성반응이 나왔다. 2주 전에 직장동료들이 대부분 코로나에 걸려 결원이 되어 무리한 탓이었다. 잘 버텨내서 다행이라 생각했는데 결국 '코로나'란 벽을 넘지 못했다. 나머지 가족들도 비상이었다.

계속적인 주의와 몇 번의 검사로 한 주일이 흘렀다. 우리들의 두 번째 캠핑은 가슴속 상흔만 남긴 채 그렇게 끝났다. 불청객, 자연과 한몸이 될 준비가 되어있지 않은 자들에게 자연은 호락호락 쉽게 곁을 내어줄 생각이 없었던 것인가 아니면 혹독한 훈련과 철저한 도전정신을 가지고 진정으로 자연을 이해하는 자에게만 가능한 것인가.

캠핑 3

눈물겨웠던 캠핑이 허무하게 끝나고 코로나로 인한 후유증이 아물어갈 무렵 딸이 제안을 했다. 주말에 내려갈 테니까 이번에는 무박으로 바닷가에 텐트만 치고 편히 쉬면서 음식을 배달시켜 먹으며 일요일을 보내자고 했다. 마침 더위가 연일 계속되어 시원한 바다가 그리워지는 초여름 날씨였다. 조용한 바닷가를 물색해놓고 주말을 기다렸는데 토요일부터 또 하늘이 울상이었다. 일기예보에도 일요일 오후부터 강수 확률이 60%였다. 자연과 하나 되기가 이렇게 어려운 것인가. 자연은 우리에게 푸근한 품을 내어주지 않을 작정인가.

자연에 항명이라도 하듯 아침 일찍부터 김밥을 만들기 시작했다. 몽니라도 부릴 참이었다. 아이들이 좋아하는 김밥과 간식거리, 따뜻한 커피를 내려 길을 떠났다. 바람이 심하게 불고 파도는 기세 좋게 몰려와 방파제에 부딪혀 물기둥을 만든다. 파고가 꽤 높은 것이다. 바람은 언제나 내 주변을 맴돌고 끊임없이 파도를 일으켜 나를 밀어내고 내 넋을 앗아간다. 흐린 날은 파도와 함께

유난히 미역비린내가 심하게 밀려온다. 더 이상 바다 곁에 다가가지 못하는 우리는 멀찌감치 바다를 관망할 수 있는 곳에 자리를 잡고 테이블과 의자를 펼치고 파도 높이를 가늠하며 지켜볼 수밖에 없었다.

김밥과 따뜻한 커피를 마시며 책을 읽거나 휴대폰에 풍경을 담으며 각자의 세계에 빠져든다. 한두 시간이 지나자 바다의 습한 기운과 한기가 스며들어 담요를 꺼내어 어깨에 둘렀다. 6월의 바닷가에 앉아 담요를 두르고 있는 우리 모습에 웃음이 나왔다. 시간의 흐름에 따라 하늘색은 점차 짙은 회색으로 물들어가고 하늘과 바다의 경계가 바뀌어버린 마치 뒤집힌 세상을 보는 듯했다. 하늘과 바다가 바뀌어가는 이 혼돈의 세계에서 얼른 벗어나야겠다는 생각에 마음이 급해졌다. 서둘러 차에 짐을 싣자마자 비가 내리기 시작했다. 순식간에 굵은 빗줄기가 차창을 때리고 와이퍼는 미친 듯이 춤을 추었다. 이번에도 자연은 우리를 순순히 받아들이지 않은 것이었다. 다음 캠핑 때는 기꺼이 우리를 초대해줄 것인가? 그리고 그 품에 안겨 자연이 들려주는 얘기에 귀 기울이며 우리가 잊고 있었던 자연의 사랑을 느낄 때가 올 것인가?

우주의 한 행성인 지구에 온 인간은 어차피 불청객일 수밖에 없다. 잠시 머물다가는 여행객에 불과한 우리가 눌러살면서 멋대로 파헤치고 세우고 부수고 다시 지으며 자연을 해코지한 것이 아니었던가. 어쩌면 '캠핑'이라는 매개를 통해 자연과 소통하며 친화적인 한몸이 될 수 있을 것이라는 내 가벼운 이기적인 발상을 꾸짖기라도 한 것 같아 부끄러울 뿐이었다. 잠시 비켜서서 주변을 바라보자. 내가 할 수 있는 것은 자연이 보여주는 풍경 속에 그저 나를 풀어놓고 사람과 사람, 자연과 사람이 만들어낸 인위적인 경계를 해제하고 자연이 만들어준 풍경을 감상하고 자연의 소리를 경청하는 일이다. 그것이 이 행성과 자연에 대해 최소한의 예의를 지키는 일이다.

친구의 아들 결혼식

아침 일찍 첫차를 타고 서울로 향했다. 메르스 바이러스로 전국이 어수선한 지금, 굳이 전쟁터에 나가듯 가는 것이 바람직한 일인지 아닌지 알 수 없지만 미국에 살고 있는 중학교 동창이 서울에 와서 아들의 결혼식을 치른다고 하니 왠지 가봐야 할 것 같았다. 또 전화로 사돈을 맺자고 농담을 주고받은 터라 둘째아들이 궁금하기도 했다. 친구는 딸과 함께 오라고 했지만, 딸은 내가 왜? 하는 듯이 웃고 말았다. 2년 전 우연하게 만난 친구들을 다시 보고 싶은 마음도 한몫을 했다.

어느 날 중학교 여자 동창들이 모임을 한다고 연락이 왔기에 마침 나도 주말에 대구에 갈 계획이 있어서 참석하기로 했다. 우리는 남녀공학이었고 일반 중학교와는 달리 취업을 준비하는 실업계 중학교였다. 남자 동창은 기억을 잘못하지만, 여자 동창들은 보고 싶었던 참이어서 기쁜 마음으로 참석했다. 그런데 의외로 남자 동창들이 꽤 많이 나와 있어서 내심 당황스러웠다. 꽤 오랜 기간 고향을 떠나 살고 있었기에 동창들과도 연락이 끊겼고 어쩌다 친정에 가도 짧은 시간 동안 친구들을 찾아서 만날 겨를이 없었다. 한번쯤 만나고 싶었던 친구들. 다행스럽게도 여자 친구들의 모습은 다 기억이 났고 옛 모습이 남아 있었지만 남자 동창들은 40여 년 만에 처음 만나는 것이어서 예전 얼굴을 기억해내기가 쉽지 않았고 처음에는 어색한 분위기와 난감한 호칭에 좀 불편했다.

한 시간 정도 지난 얘기를 나누며 추억을 더듬다보니 40년의 세월을 뛰어넘었고, '중학교 동창'이라는 카테고리만으로도 충분히 가까워질 수 있었다. 서너 시간이 물 흐르듯 순식간에 흘러갔다. 보고 싶던 친구들과의 재회를 가슴에 담고 아쉬움을 남기며 헤어져야 했던 만남이었다. 중학교 시절 친하지는 않았지만 기억에 각인되어 있는 몇몇 친구들이 있었다. 주현이도 그런 친구 중의 한 명이었다. 늘 말이 없었고 또래보다 정신적으로 성숙한 탓인지 혼자 보내는 시간이 많았던 친구였다. 자신만의 세계에서 조용하게 보내는 아이였는데 타국에서의 생활은 그를 적극적인 성격의 사업가로, 그리고 여유롭고 긍정적인 이미지를 창출해냈다.

동창들과의 갑작스러운 만남 이후 단체문자를 주고받으며 가끔 미국 소식도 알려주고 친구들 얘기도 하며 SNS 친구가 되었다. 미국으로 이민간 지 30여 년. 산전수전 다 겪고 이제야 제대로 자리잡게 되었다는 친구는 현재 건축업계의 사장으로 한인교회에서 장로를 맡고 있었다. 부인과 세 자녀. 음악가의 길을 걷고 있는 막내딸. 위로 두 아들을 대학까지 졸업시켰고 큰아들이 우리나라 대기업 비서실장을 맡게 되면서 오늘 웨딩마치를 울리며 행복의 문으로 들어서는 주인공이 되었다. 이제는 큰소리치며 살아갈 때도 되었지만 친구는 늘 겸손하게 하느님의 가르침을 몸소 실천하며 살려고 노력하는 성실한 기독교인의 소임을 다하고 있는 것 같다.

처음 국제전화에서 나랑 사돈을 맺자는 친구의 말에 잠시 설레었는데 돌이켜 생각하면 친구들끼리 늘상 하는 농담에 설레발친 것도 우스웠고 더더욱 하나밖에 없는 딸을 머나먼 미국 땅으로 보낼 용기도 없었다. 친구의 자녀 결혼식에 초대받아본 적이 처음이어서 설레는 맘으로 오늘을 기다렸던 것이다.

고속도로 휴게소 화장실이 단체로 오신 분들로 붐빈다. 한 아주머니는 안의 문이 잠김으로써 밖에 표시등이 사용 중인 빨간 색과 잠그지 않을 땐 사용 가능 초록색으로 바뀌는 원리를 아직 알지 못하시는지 노크도 않고 문을 함부로 열었다며 교양이 없다고 투덜대신다. 공공 화장실에서 문을 잠그지 않고 사용하는 분이 하실 말은 아닌 것 같은데 어이가 없었다. 나와 동창들은 10여 년 지난 후에 제발 저렇게 되지 않기를 소망하며 따뜻한 커피를 사서 자리로 돌아왔다.

대구에서 관광버스로 출발한 친구들은 거의 도착할 때가 되었다며 카톡이 들어온다. 터미널에서 내려 지하철을 타고 성수동 쪽

서울숲을 찾았다. 옛날부터 한번쯤 가보고 싶었던 곳이다. 동창들을 만나고 40년 만에 한주현을 만나고 부인과 새신랑이 되는 그의 큰아들과 둘째아들을 만났다. "Hi, nice to meet you"라고 인사를 하자 웃으며 대답했다. 성격이 좋고 쾌활해보이는 선한 인상이다. 친구는 그동안 SNS로 사진과 근황을 듣고 있었던 터라 전혀 어색하지 않고 친근한 느낌이 들었다. 참 평화롭고 행복해보이는 가족의 모습이다.

동창들과 차례로 인사를 하고 악수도 하며 반가움을 나눴다. 졸업 후 처음 만나는 키가 큰 친구 재훈이는 중소기업의 사장이 되어 있었고 거의 해외출장으로 시간을 보내다보니 주현이랑 더 가까워진 것 같다. 대구 중심가에서 큰 호프집을 경영하고 취미로 산악 하이킹과 유화를 즐겨 그리는 화끈한 친구 형옥이, 정수기 임대사업을 하는 성격 좋은 태호, 인테리어 공사를 하는 인테리어 디자이너 준규, 취미로 색소폰을 부는 데 수준급이다. 그리고 군인 아저씨 준영이, 시청에 근무하는 친구, 버스를 운행하는 모범운전자, 박사님이 된 친구, 예전부터 예뻤던 정애, 영애, 미희, 결혼식에 참석 못했지만 나의 단짝 경숙이, 인주, 순자, 미숙이, 경자, 초등학교 6학년 2반 친구이며 자상한 병우, 명희, 운규, 대기업에 근무하며 취미로 사진을 찍다 전문 사진작가가 된 친구 수용, 학생회장이었던 성기 그리고 재명, 운철, 대원, 운국, 태조, 대겸 모두 나름대로 열심히 살아가고 있는 친구들이다. 자신의 직업

외에도 취미활동을 하며 등산이나 자전거 하이킹, 낚시, 자신의 건강도 챙기며 즐겁게 살아가고 있는 친구들을 보니 내 생활이 오히려 단조로워 보이고 따분하게 느껴지기까지 했다.

아직 만나지 못한 친구들도 있고 얼굴은 알아도 이름이 기억나지 않는 친구들도 있다. 만날 때마다 반갑고 편안해지는 친구들과 옛날 얘기를 나눈다. 교장 선생님의 딸이었던 나는 친구들 사이에선 공주였다고 남자 동창들은 회상한다. 그 당시의 나는 동떨어진 세계에서 살고 있는 아이라고 생각해서 대하기가 어려웠다고 말하는 친구도 있었고, 한복 입고 고전무용을 하던 내 모습에 반했었다는 친구들도 있었는데 짧았던 추억의 한 페이지다. 내가 다시금 중학생이 된다면 친구들과 좀 더 가깝게 허물없이 즐거운 시간을 보내고 싶다는 생각을 한 적이 많았다. 꽤 내성적인 성격에다 말수가 적어 애들한테 잘난 척한다고 오해도 많이 받았던 것이다. 학창 시절을 통틀어 가장 순수하고 즐거웠던 만큼 아쉬움도 많이 남는 중학교 생활이었다.

친구들과 즐겁게 얘기 나누며 결혼식을 보고 식사를 하며 시간 가는 줄을 몰랐다. 그 사이 폐백도 끝나고 왕자와 공주처럼 예쁘고 멋진 주인공들이 인사를 하러 다녔고 이윽고 헤어져야 할 시간이 되었다. 친구들은 대구로 가는 관광버스 안으로 하나둘 사라지고 나는 결혼식 장면을 떠올리며 친구들이 무사히 대구까지 잘 내려가기를 소원했다. 모임에 자주 참석은 못하지만 생각만으로도 그리운 중학교 동창들이다. 다음날 주현이한테 멀리서 와줘서 고맙다는 전화가 왔다. 역시 친구를 잘 챙겨주는 자상한 동창의 마음이다. 그 후, 대구에서도 한번 더 뒤풀이를 했다는 소식을 들었는데 멀리서나마 그런 모습들이 흐뭇하게 와닿는다. 다음 모임에는 필히 시간을 내봐야겠다. 벌써 친구들이 그리워지는 것을.

> 산, 강, 그리고 도시만을 생각한다면 세상은 공허한 것이지만, 비록 멀리 떨어져 있더라도 우리와 같이 생각하고 느끼는 그 누군가가 있다는 사실을 알면 지구는 사람이 사는 정원이 될 것이다.
>
> — 요한 볼프강 괴테

독백

1

만월에 가까워진 달빛이 창문을 기웃거린다. 내년쯤엔 마누라 대신 달맞이꽃 한무리 데리고 들어와 안방을 채워야겠다. 벽에 번진 검은 꽃보다 노란 꽃 흐드러지게 핀 집이 환하겠다. 자식들은 하나둘 제 갈 길로 가고 평생을 혼자 집을 지키고 있던 마누라는 막내딸네로 간 뒤 집으로 돌아오는 길을 잃어버렸다. 멈춰진 시계, 바래지는 가족사진 보며 밤마다 되새김질하는 시간. 자식들의 원망은 아랑곳하지 않고 나를 살리기에 바빴던 지난 날. 그 길 외엔 길이 없는 줄 알았다.

떨어지는 벚꽃과 함께 이 세상을 한없이 떠돌다 다시 찾아온 집엔 무성한 잡초와 공허함뿐이다. 사위가 심어준 헛개나무가 지붕보다 높이 올라 골바람 막아주고 무수하게 열린 열매가 세상 소식

전해준다. 헛개나무와 돌계단에 나란히 앉아 보름 꽉 채운 달을 보고 있다. 방아를 찧고 있는 마누라와 아이들, 나는 어디에 있을까. 딸과 손주들의 목소리로 갑작스레 소란이 일고, 방마다 불을 밝힌 아이들이 벽에 걸린 나에게 인사를 한다. 시끌벅적 웃음소리가 창문을 흔들고 기억의 방에 갇힌 마누라가 옆에서 빙그레 웃는다. 오늘은 모처럼 달빛이 밝고 따스한 밤이다.

2

나는 그날도 동료들과 푸른 바닷속을 마음껏 유영하고 있었지요. 그 행복은 내일도 모레도 영원할 줄 알았지요.

투영되는 햇살에 빛나는 매끄러운 몸매를 과시하며 친구들과 물길을 타며 적당히 즐기고 있었던 그날. 갑작스럽게 덮친 그물이 암흑 같은 하늘 아래 낯선 세계로 우리를 무자비하게 끌어냈지요. 그곳은 죽음의 기운 가득하고 살육의 피가 넘실거리는 붉은 바다, 몸부림치고 울부짖었지만 우리들의 아우성은 의미 없는 펄떡거림이었고 선택이란 애당초 주어진 게 아니었습니다. 당신들이 만선의 기쁨에 취해 노래부를 때 두고온 형제, 벗들을 그리워하는 우리의 눈물은 이미 하늘의 별이 되어 빛나고 있었다는 걸 알고 계셨는지요.

우리는 참으로 여러 죽음을 맞이합니다만 제발 뜨거운 태양 아래 걸려 몇 날 며칠 고문을 주는 죽음의 방법만은 택하지 말기를,

그건 우리를 두 번이나 죽이는 일이 되고 말 테니까요.

차라리 이 세상 떠나는 날 당신들을 우리들의 마지막 만찬에 초대하렵니다. 번뜩이는 칼날 아래 우리의 살은 춤을 추며 당신들의 입을 즐겁게 하고 내 뼈는 뭍에 묻혀 새로운 생명의 거름이 되렵니다. 이제 마음을 정갈히 하고 한 칼 한 칼 내 추억을 저며내고 우리 형제들의 슬픔을 저며낸 뒤 펄펄 끓는 물에 던져 이 한몸 보시하렵니다.

나의 살이 당신들의 혀끝에서 녹아 비로소 한몸이 되어 지상의 쾌락을 향유해보는 것이 나의 작은 소망이며 어쩌면 봄에 집 나가 버린 당신들의 며느리가 돌아오는 기쁨도 함께 얻어질지도 모르는 축제의 장. 점점 옅어지는 푸른 기억을 안고 만찬의 제물이 되어 나를 버리고 승천하렵니다. 당신들의 웃음소리는 나를 위한 곡성哭聲으로 당신들이 마시는 술은 우리들을 위한 제주祭酒로 여길 테니 부디 나와 함께 이승과 저승이 어우러진 축제를 함께 즐겨주기를.

제4장

겨울

틈

누구나 한번쯤 승강기를 타거나 내리는 순간 몸이 채 안전하게 빠져나오기도 전에 문이 닫혀 그 틈에 끼여 잠시 두려움이나 당황스러움을 느껴본 적이 있을 것이다. 나아가야 할 세계와 가지 못하는 세계의 틈에서 잠시 멈추다 곧 센서가 작동하여 다시 문이 열리고 모든 것이 제자리로 돌아가 그 순간 틈이 주는 두려움은 곧 망각하고 말 것이다.

어느 날 수도 없이 열고 닫는 방문 틈에 손가락이 끼어 눈물이 쏙 빠질 만큼의 통증을 경험해본 적은 있는지, 그럴 때의 틈이라는 것은 인생의 쓰라림을 안겨주는 고통을 연상시키는 단어가 된다. 틈이 생긴다는 건 히말라야의 눈 속이나 남극과 북극의 크레바스처럼 인간을 죽음으로 몰아넣기도 하지만 가끔 우리에게 휴식을 주고 새로움의 시작을 여는 것도 틈이다.

틈은 어제와 오늘, 시간과 공간, 어디에서나 생기고 우리는 순간마다 틈을 경험하게 된다. 계절이 바뀌는 기후의 변화 속에서 환경과의 적응을 배우고, 아날로그와 최첨단 디지털 사이에서 도태되는 나의 무지함을 깨닫게 하고, 진보와 보수의 이념 사이에서 갈피를 못잡는 민중의 틈에서 비슷한 목적의식을 가지고 형성되는 집단사회와 그 틈바구니에서도 소외감을 때론 안정감을 주기도 한다. 돌과 돌 사이의 틈에서 자라나는 소나무의 강인한 생명력을 발견함으로 가볍지 않은 철학을 배우기도 하지만 우리를 가장 힘들게 하는 것은 무엇일까? 그건 아마 사람과 사람 사이에서 부대끼며 생겨나는 틈일 것이다.

학창시절의 일이다. 4년간 함께 수업을 들으며 밥도 먹고 차도 마시며 수다를 떨었던, 내 생각엔 꽤 친하다고 느꼈던 친구가 어느 날 내게 말했다. "너는 부족한 게 없어서 좋겠다. 내가 너의 입장이라면 공부에 집중해서 뭐라도 할 수 있을 텐데, 너는 부러울 것이 없잖아? 부러울 게 없는 네가 왠지 싫어"라고. 친구는 나의 모든 행동과 말투가 가진 자의 투정인 것처럼 들리고 잘난 척하는 것 같아서 싫다고 노골적으로 덧붙였다.

친구의 눈에는 그럴싸한 내 아버지의 지위와 환경, 그리고 그 딸인 내가 부러웠던지 모르겠지만, 아버지는 결코 우리에게 수월하게 풍요로움을 베푸신 적이 없었다. 우리는 늘 경제적 궁핍을 느끼며 살았고 뭔가 필요한 게 있을 때엔 용기를 내어 아버지에게 말씀드리고 그 이유가 합당할 때 지원을 받을 수가 있었다. 그 친구 눈에는 남 부러울 것 없어 보였던 나와 자신이 비교되어 상대적 허탈감을 느끼기도 했던 모양이다.

한 시간쯤 대화를 나눈 뒤 친구는 내게 미안하다고 했다. 나를 오해하고 있었다고 충분히 사과를 했고 나도 사과를 받아들였다고 생각했지만, 어느새 우리 사이에 틈이 형성되어 있었다. 그동안의 내 행동과 진심어린 말조차 친구에겐 오만과 거드름으로 느껴졌을 생각을 하니 친구와 나의 관계가 예전 같지 않았고 쉽게 회복되지 않았다. 몇 십 년이 지난 지금에도 그때 내가 받은 상처와 친구와의 사이에 생긴 틈은 무엇으로도 메꿀 수 없었다.

초등학교 4학년 남자아이가 진료를 받기 위해 엄마와 함께 내원했다. 아이가 어릴 때부터 가끔 체하거나 감기에 걸리면 찾아오는 가족들이지만 아이들은 들어올 때마다 툴툴거리거나 텔레비전 리모컨으로 볼륨을 올리고 정신없이 프로그램을 바꿔보는 산만함에 여간 불편한 게 아니었다. 그날도 어김없이 불만이 가득 찬 얼굴로 엄마가 축구를 하다 다친 발목과 감기를 치료했으면 좋겠다고 하자, 절대 침 치료는 받지 않을 거라고 화를 낸다. 어른들도 침 맞는 게 좋지는 않을 텐데 하물며 아이들이 좋아할 리 만무하다. 어쩌면 화를 내는 것은 두려움의 또 다른 표현일 수도 있겠지만 한번도 웃는 얼굴을 그 아이들에게서 본 적이 없었다. 어릴 때부터 울고 소리높이더니 초등학생이 되자, "싫어요! 싫단 말이에요, 왜요?" 나오는 단어들이 거의 부정적인 말투였다. 그렇게 내키지 않으면 감기만 치료하자고 하고 진료실로 들어갔다.

원장님 앞에서도 아이의 불만은 계속되었다. 엄마가 다시 발목을 치료하자고 하자 침은 절대 안 맞는다고 엄마한테 엄포를 놓았다. 보다 못한 선생님이 나무랐다. "어릴 때는 철이 없어서 그런가보다 했지만, 이제는 자신의 의사를 제대로 표현할 줄 알고 예의도 알 때가 되지 않았냐"라고 하자 아이 눈에 금세 눈물이 글썽글썽해지며 사나웠던 아이가 온순해져서 진료실을 나왔다. 아이가 울먹이는 표정이 애처로워 보여서 "잘 가, 기분 풀고" 하고 인사를 건네자 엄마가 아이에게 애써 인사를 시킨다.

한의원 문을 나서면서 아이가 화를 못참고 소리쳤다. "내가 여기 다시 오나 봐라." 아이와 한의원 사이에는 괴리가 생겼다. 그 아이가 다시 한의원을 찾아오기 전에는 그 틈을 메워줄 어떤 방법도 시도할 수 없을 것이다. 엄마는 그 아이가 헤쳐나갈 미래를 어떤 방법으로 열어줄 수 있을지, 성장하면서 수도 없이 만나게 되는 만족스럽지 못한 사건들과 환경들을 슬기롭게 잘 이끌어줄 수 있을지 염려스러울 뿐이다.

사람들은 살아가면서 외부로부터 어쩔 수 없이 부딪히게 되는 사건으로 첫 번째 화살을 맞게 되지만 두 번째 화살은 본인이 만들어가는 상처라고 한다. 대부분의 사람들이 첫 번째 화살을 맞으면 자기 스스로 속상해하며 분노하거나 또는 타인에게 화를 내거나 하여 두 번째 화살을 맞게 되는데 그때의 고통은 두 배가 된다고 한다. 하지만 그 화살에 피해입지 않도록 하는 것은 자신의 선택에 달려 있다고 어떤 작가는 책에서 말한다. 자신이 발산하는 증오와 분노가 부메랑이 되어 결국 자신을 파괴하기 전에 마음을 잘 다스려 고통을 줄여야 한다. 아직 나도 두 번째 화살에서 벗어나지 못한 셈이다. 그 아이 또한 육체적, 정신적 성장을 거듭하면서 몇 번의 화살을 더 맞을 수도 있겠지만 자신을 다치게 하는 두 번째의 화살은 피해갈 수 있도록 여유롭게 웃을 수 있는 날이 점점 많아졌으면 좋겠다. 그때쯤엔 웃으면서 한의원 문을 들어설 날이 있지 않을까 싶다.

'빈틈이 없다'라는 것은 사물을 처리하는 데 모자람이 없이 거의 완전하다는 의미이다. '빈틈이 없는 사람'이란 매사에 정확하게 계획성 있게 살아가며 아울러 한 치의 실수도 용납하지 않는 사람이다. 독일의 철학자 칸트도 매사에 정확하고 규칙적인 생활습관과 산책이 몸에 배어 마을 사람들이 그의 산책으로 시간을 알 수 있었다고 한다. 사람은 가끔 실수도 하고 고독해보여야 그 곁을 지켜주고 보살펴주고 싶은 모성본능과 연민을 자극하여 배필을 만나기도 한다. 서로에게 부족한 부분을 채워주는 사람을 만나는 것, 부부가 존재하는 또 다른 이유이기도 하다. 빈틈이 없는 사람들에겐 다른 사람에게 내어줄 틈이 보이지 않는 것이다.

주말이면 내가 즐겨 찾는 등산 코스가 있다. 전문 등산가가 보기엔 해발 500미터도 채 되지 않는 하찮은 코스이지만 평발에다 운동신경이 취약한 나로서는 왕복 두 시간의 힘겨운 산행이다. 그 길을 오르다보면 내 몸은 비록 지치고 힘들어도 마음만은 평온해지고 점차 안정감을 되찾아간다. 나뭇잎 흔들며 지나는 바람은 내 눈을 깨우고 산 정상 골짜기에서 흘러 내려오는 폭포 소리는 내 심장을 조용히 두드린다. 산새들의 울음에 귀가 열리고 비로소 자연과 일체가 되어가는 나는 그 속에서 사계를 보고 느낀다.

그곳에 가면 언제나처럼 바위를 안고 있는 특별한 나무를 만난다. 커다란 넓적바위가 어떤 충격으로 인해서 산비탈을 미끄러져 내려오다가 어린 참나무에 걸려 멈추어 섰다. 나무는 자신을 찌르고 있는 그 바위를 안간힘으로 버티며 꺾이지 않고 그렇게 몇 십 년을 견뎌온 듯하다. 허리를 짓누르고 있는 그 바위의 무게와 예리함에 긴 세월을 어떻게 견뎌왔을까. 그러다 서서히 바위와 나무는 한몸이 되어 기울어진 바위로 흘러내리는 빗물을 자양분삼아 모진 풍상을 이겨내며 그 상처를 치료했을지도 모른다. 이제 바위와 참나무는 한몸이 되어 분리될 수가 없다. 나무와 바위 사이에 생긴 틈과 상처를 사랑과 포용, 인내로써 감싸안아 단단한 버팀목이 되어 더 넓은 세계로 나아가고 있는 것이다.

그런 나무와 바위의 모습은 마치 오랜 기간 살아온 부부의 모습 같다. 각자 다른 곳에서 살아온 사람들이 만나 처음에는 상대방의 감정을 읽지 못하고, 자신의 아픔과 서운함만을 얘기하다가 부딪히기를 수십 차례, 서로가 뱉어내는 말들에 상처입고 생채기내며 결혼 생활에 틈을 만들어간다. 그 틈을 메워줄 수 있는 건 모든 것을 주어도 아깝지 않을 사랑하는 자식들이지만 그것이 완전한 해결책은 되지 못했으리라. 상처가 자신에게서 비롯된 것임을 깨닫기까지 몇 십 년이라는 세월의 강을 건너 마침내 서로의 아픔을 다독이며 진정한 부부가 되어간다. 하나와 또 다른 하나가 만나서 생기는 틈은 사랑과 용서와 인내로 메꾸어지며 서로를 이해하고 포용할 때 마치 참나무와 바위처럼 한몸이 되어 서로를 지탱해주는 것이다.

내가 살고 있는 아파트는 지어진 지 꽤 오래되었다. 이곳에서 아이들이 나고 성장했으니 많은 추억을 함께 나눴던 정다운 곳이기도 하다. 그 오랜 세월을 감당하기 버거웠던 것인지 벽체에 균열이 가고 반자틀의 틀어짐, 나무 문의 뒤틀림도 심각하다. 언제고 우리 집을 철통처럼 지켜줄 것 같았던 강철 현관문도 뒤틀어져 아래, 옆쪽으로 틈이 생기기 시작했다. 추운 겨울철엔 그 작은 틈으로 황소바람이 들어오고 이웃들의 음식 냄새와 어느 층 계단참에서 올라오는지 독한 담배연기와 개 짖는 소리, 부부의 다툼소리, 온갖 것들이 집안으로 몰려온다.

처음에는 현관문 바닥을 타월로 꼭꼭 틀어막아 외부로부터 유입되는 공기를 조금이나마 차단하려 노력했다. 한 십 년 정도 적응하고 살다보니 그것 또한 내가 살아 있다는 것이고 이 세상과 소통하면서 살아가라는 의미란 걸 깨닫게 되었다. 좀처럼 사그러들지 않는 개 짖는 소리와 밤 늦도록 현관문을 쾅쾅 두드리며 투쟁하는 어느 부부의 싸움소리가 다소 내 신경을 자극하기도 하지만 어느새 귀를 쫑긋하며 개는 왜 짖는 것일까? 혹시 동물학대라도 당하고 있는 것은 아닐까? 저 집 부부는 왜 싸우는 것일까? 남편이 외박을 하고 와서 문을 열어주지 않는 것일까? 어디 빚보증이라도 서준 것일까? 등 나름대로 추리해보는 재미도 쏠쏠하다.

벌어진 문틈이 나에게 제시해주는 건 '소통'이다. 우리 집의 보온 유지와 소음 차단의 효과보다 더 큰 의미로 함께 살아가는 거주공간에서의 공유의식을 일깨워주고 있다. 가끔은 그 틈으로 사람 사는 냄새와 함께 신선한 공기도 유입되고 있으니 말이다. 하지만 황사와 미세먼지가 극성을 부릴 때면 일기예보의 미세먼지 수치를 눈여겨보며 현관 틈을 꼭꼭 틀어막는다. 어쩔 수 없는 생존전략인 셈이다.

취미로 사진을 찍다가 전문가가 되어 있는 친구는 요즘 새로움만 추구하는 사람들 사이에서 낡고 버려져 있는 것들을 찾아 촬영하며 다닌다고 한다. 이 세계에서 퇴화되고 우리의 뇌리에서 잊혀가는 것들을 기억해두고 싶은 예술가의 염원인지도 모른다. 과거와 현재와의 틈을 조화롭게 메꾸어주는 소중한 작업이며 그런 작품들 속에 우리는 안주하며 평온을 얻고 생활의 활력소를 얻는다. 옛 것과 새로움의 틈에서 잠시 여유를 가질 수 있는 것이다.

틈은 늘 존재하며 그 틈의 중앙에 있는 건 나 자신이다. 어느 길에 서거나 혹은 어떤 순간에도 선택해야 하는 갈등과 고뇌를 겪게 되고, 그 선택이 혹자에겐 심판의 대상이 된다. 선과 악이 불분명한 시대에서 우리는 무엇을 선택해야 하는지 고민하며 부유한 사람들과 그렇지 못한 사람들 틈에서 내가 얻을 수 있는 것은 과연 절망이 아닌 희망이 될 수 있을까?

'틈'이라는 것은 벌어진 사이와 간격을 말하기도 하지만 '겨를'이라는 또 다른 의미도 있다. '틈이 생기다'라는 것은 '겨를이 생기다'라는 의미로 해석해보면 어떨까 한다. 처해 있는 환경에서 무언가를 생각하고 결정해야 할 때, 그리고 새로운 도약을 하기 전에 우리는 틈을 가져야 한다.

스페인의 투우장 한쪽에 소가 안전하다고 느끼는 구역을 퀘렌시아Querencia라고 하는데 '피난처, 안식처'라는 뜻이다. 달리다 지친 소가 그곳으로 가서 잠시 숨을 고르고 기운을 회복하듯 틈은 우리에게 활용할 퀘렌시아를 제공해주는 것이다. 그곳에서 우리는 휴식을 취하고 새로운 내일을 꿈꾸어야 하지 않을까.

사람마다 환경에 따라 틈이 주는 의미는 다르지만 누군가가 지금 많이 힘든 상황이라면 그것은 새로운 전진을 위한 인생의 도움닫기라고 생각해보면 어떨지. 행복은 목표가 아니라 우리가 가는 인생길 위에 주어지는 것이라고들 한다. 그것을 만들어가는 것도 잡지 못하는 것도 결국 자신의 마음에 달려 있는 것이다. 지금 우리에게 주어진 틈은 우리의 아픔과 고뇌, 절망인 동시에 새로움의 시작이며 훗날 사랑과 행복의 샘터로 기억될 수 있을 거라고 믿는다.

딸의 반란

밤 11시를 넘기고 나니 진통 간격이 30분으로 줄었다. 초산은 진통을 오래 한다고 얘기 들어왔던 터라 나는 참고 또 참았다. 남편은 나보다 더 긴장하는 기색이 역력했고 수시로 어머니께 전화를 했다. 어머니는 초산이라 아직 더 있어야 된다고 하셨지만 우리는 진통이 점점 심해지는 것 같아 병원으로 출발했다. 가는 길에 어머니를 태우고 병원에 도착한 것이 새벽 한 시경. 사진을 찍고 검사를 다 마친 뒤에도 의사가 도착하지 않았고 수간호사는 내게 참으며 기다리라고 했지만 그게 인력으로 되는 일인가. 우리 딸은 의사 선생님이 도착하기도 전에 세상 밖으로 나왔다. 벌써 25년 전의 일이다.

그렇게 자주적으로 운명을 선택하여 태어난 우리 딸은 커가면서 부모의 지나친 관심을 부담스러워했지만, 우리 마음이 불편할까봐 속내를 밝히지 않았다. 아이가 행여 다칠까, 혹은 친구들한테 서러움을 당할까, 노심초사 첫째 아이에게 온 관심을 집중할 수밖에 없었다. 유치원에서 친한 친구가 휘두른 장난감에 다쳤을 때도, 초등학교 6학년 때 친구가 악기를 돌려주지 않고 장난을 치다가 턱밑이 찢어져 꿰매었을 때도 아무 말도 하지 않았다. 친한 친구가 미안해할까봐 저 혼자 견디고 마는 그런 아이였다.

한창 사랑과 관심을 받아야 하는 나이에 두 남동생의 누나가 되어 내심 버거웠을 텐데도 곧잘 누나 노릇을 잘 해냈다. 유치원의 어머니 회장부터 초·중·고등학교 어머니 회장, 임원까지, 내가 관심을 가지면 선생님도 우리 아이에게 관심을 가져줄 거라는 기대감에 바쁘게 다녔지만 돌이켜보면 그저 억척스러운 엄마일 뿐이었다. 아이를 키우는 데는 아이에 대한 관심과 사랑, 귀기울여주고 함께할 시간만 있으면 되는 거였는데 나의 활동은 어쩌면 자식에 대한 부질없는 내 욕심이었을지도 모른다.

드디어 대학생이 되자 딸의 반란이 시작되었다. 부모님의 관심과 누나로서의 무게감에서 벗어날 수 있는 기회가 생긴 것이다. 자동차로 4시간을 달려야 하는 타향에 짐을 실어다준 우리는 걱정과 염려의 나날이었다. “늦은 시간에는 위험하니 혼자 다니지 마라, 밥은 잘 챙겨 먹었니? 술 많이 마시면 안 된다, 외박하면 절대 안 된다” 등 하루라도 전화가 안 되면 걱정이 태산이었다. 어느 날 대학 산악동아리에 가입했다는 전화를 받고 가슴이 철렁했다. 산악부라면 엄청나게 힘든 곳인데 학교 운동회 때 달리기 경주에서 꼴찌를 도맡아하는 운동신경이라고는 없는 약하디약한 딸이 산악부라니 기가 막혔다.

우리 딸의 파격적인 반란이었다. 산악부는 사계절 몇 박 며칠의 등반과 중간중간 암벽타기 훈련과 주말 등반 훈련도 잡혀 있는데 그 피곤을 어떻게 견딜 것인지 수업이라도 제대로 받을 수 있을지 이만저만 걱정이 아니었다. 적잖이 반대했지만 딸은 생각이 확고했다. 힘들고 긴 등반은 피하고 가벼운 등반만 참가하기로 약속을 다짐받고 등반에 필요한 등산화, 의류, 기타 장비 등을 구입해주며 조심 또 조심을 당부했다.

강원도에서 왔다고 서러움을 받지는 않을까 걱정했는데 동아리 선배들도 잘 챙겨주고 동기생들과도 잘 어울려서 타향에서 덜 외롭게 보내는 것 같아 다소 안심이 되기도 했다. 내성적이고 조용한 성격이었던 애가 활달하게 바뀌어 학과에서도 친자매처럼 친하게 지내는 친구들도 생겼다. 방학 때 강원도까지 놀러와줘서 그저 고맙기만 했다. 집을 벗어나면 그 자유로운 성향이 마구마구 발산되는 모양인지 동아리 활동뿐 아니라 학교에서 진행하는 세미나 활동, 강좌 등 모든 것에 열심이었다.

순탄하게 춘계, 하계 등반을 마치고 설악산 9박 10일 간의 동계 등반이 있었다. 어렵게 허락하고 설악산이 여기서 가까운데 바로 가면 안 되냐고 했더니 동아리방에서 내 짐을 꾸려야 하는데 미안해서 부탁할 수가 없다고 학교로 갔다. 딸을 보내며 걱정이 되기 시작했다. 긴 등반에 날씨도 춥고 눈이 많이 오면 어떻게 할지 하루하루가 걱정의 연속이었다. 등반이 끝나는 날 터미널로 마중을 가거나 여차하면 설악산으로 데리러 갈까 하여 전화를 했지만 연결이 되지 않았다. 너무 피곤해서 계속 잤고 동아리 친구들과 다시 학교로 가고 있다는 것이었다. 가까운 집을 두고 왜 다시 멀리 가느냐고 했더니 "내 짐은 내가 정리해야 하니까 마무리하고 내일쯤 집에 갈게" 하였다.

그리고 그 다음날 새벽 6시쯤 전화가 울렸다 "○○경찰서인데요. 따님이 교통사고로 의식이 없어요"라고 했다. 앞이 캄캄하고 팔다리에 힘이 빠지고 그대로 주저앉았다. 목소리가 떨려 말도 나오지 않았다. 남편과 나는 그대로 달려갔다. 4시간을 달려 정신없이 도착한 병원, 딸의 얼굴은 하얗게 부어 있었다. 맥은 있는 듯했으나 불러도 대답이 없고 눈도 뜨지 못했다. 순간 내 심장이 멈추고 눈물도 나지 않았다. 의사가 뇌에 출혈이 있고 좀 부어 있으며 어깨, 무릎, 골반에 골절이 있다고 했다. 새벽에 교통사고를 당했는데 가해자는 음주운전이었다. 집으로 오는 새벽 기차를 타려고 나선 길에 사고를 당한 것이다.

딸의 상태를 보자마자 바로 친척 동생이 과장으로 있는 병원으로 옮겼다. 이틀이 지나자 정신을 차리고 겨우 엄마 아빠를 알아보는 듯했다. 이 세상에 존재하는 모든 신에게 무릎을 꿇고 감사 기도를 드렸다. 그제야 눈물이 흘러내렸다. 약 2주 동안은 침대에서 꼼짝할 수가 없었고, 하루에도 몇 팀씩 꽤 많은 친구들이 다녀갔다. 하지만 뇌의 충격으로 친구들과 이야기하고도 누가 다녀갔는지 무슨 얘기를 했는지 기억을 못하여 노트와 방명록을 만들었다. 딸 곁에서 내 모든 시간을 쏟아부었고 오로지 딸을 위해서 나는 존재했고 그것만으로도 나는 행복했다. 4주 정도가 되니 부축해서 샤워를 할 수 있을 만큼 몸을 가눌 수 있었다. 그 사이 무릎 수술도 받고 2개월을 병원에서 보내고 뇌 사진을 촬영하여 마지막으로 확인한 뒤 무사히 집으로 돌아올 수 있었다.

집에서 가까운 병원으로 통원하며 눈물나도록 힘들게 재활치료를 받았고 잘 견뎌내주었다. 더 쉬기를 권했으나 딸이 간절히 원하여 2학기에는 복학을 하였다. 다시 생각해도 소름이 끼칠 만큼 끔찍한 기억이다. 사고를 낸 가해자는 음주운전임에도 가벼운 벌금으로 끝나버렸지만, 마냥 미워할 수도 없었다. 깜깜한 새벽에 뺑소니로 도주했다면 딸의 운명은 어떻게 되었을지 지금 생각해도 아찔하고 부들부들 떨린다.

딸은 태어날 때부터 자주적으로 인생을 시작하더니 결국 산악동아리를 선택하고 교통사고 후의 제2의 운명도 스스로 개척해나가고 있다. 그 악몽 같았던 시간도 담담하게 얘기할 때가 된 걸 보면 우리가 겪었던 산고의 아픔도, 교통사고로 힘들어했던 상처와 분노도 세월의 흐름에 씻기게 마련인 모양이다.

우리 딸의 반란은 계속되었다. 무사히 학교를 마치고 우리 곁에 있나 싶었더니 대기업에 취직하여 기어코 먼 중부지방으로 발령이 났다. 우리 품을 벗어나 그곳에서 씩씩하게 잘 지내고 있다. 열심히 일하여 우수사원상을 타기도 했고 당당하게 독자적인 노선을 씩씩하게 걷고 있다. 지금 우리 눈에는 딸의 반란이 그저 기특하고 예뻐 보일 뿐이다.

내 추억 속의 그곳

중학교 2학년 여름 드디어 내게도 진짜 집이 생겼다. 그동안 친척집이나 셋방을 전전긍긍하며 살았던 우리에게 새 집이 생긴 것은 기적 같은 일이었다. 학교까지 버스로 한 시간 남짓 걸리는 거리에 두 번이나 버스를 갈아타야 하는 꽤 먼 거리였음에도 결코 불편해하지 않았다. 새로운 우리의 보금자리는 조금 넓은 마당에 반양옥 형태로 만들어진 테라스가 있는 집이었고 무엇보다 가까운 거리에 수성못이 있어서 너무 좋았다.

새벽이면 물안개가 피어올라 뽀얀 수성못의 풍경과 한가운데 위치한 섬이 신기루처럼 우뚝 솟아 있어 늘 신비함을 간직하고 있는 곳이었다. 저 섬에는 세상과 담을 쌓고 살아가는 외로운 젊은이가 있거나 혹은 수성못을 지키는 물의 정령이 있을 거라고 상상을 하기도 했다. 저녁이면 노을빛에 물든 붉은 수성못 빛과 나무들이 주는 여유로움으로 나의 추억은 더 풍성하고 감성적이 되었다.

가끔 바람 좋은 봄날이나 낙엽 수북이 쌓인 가을날에 용돈을 아끼기도 할 겸 수성못 입구에서 집까지 20분이나 되는 거리를 걸어오곤 했다. 지금 내 마음은 40여 년 전 그 길을 산책하고 있다. 그 길엔 사계절 모두 특유의 아름다움이 펼쳐져 있어 지루하지 않은 나만의 시간이었다. 단 하루 그 길이 고난의 길로 기억되는 날이 있었다.

중3 가을날 학교 앞에서 버스를 타고 중앙로에서 내려 집으로 오는 버스를 갈아타기 위해 기다리는데 아뿔싸! 아무리 가방을 뒤져도 버스비 5원이 모자라는 것이었다. 이럴 줄 알았으면 학교 앞에서 수성못 입구까지 가는 버스를 탔어야 했다. 간식을 사먹고 버스비 25원을 남겨두었는데 5원짜리 동전이 사라져버려 눈앞이 캄캄했다. 결국 집까지 걸어가야 했고 두 시간도 넘는 길을 터벅터벅 하염없이 걸었다.

처음엔 버스로만 지나쳤던 눈에 익숙한 거리를 직접 걸으며 가볼 수 있다는 설렘도 있었다. 남자 중학교를 지나고 학교 앞 구멍가게들을 구경하는 것도 재밌었고 미군부대 앞을 지나며 마주치는 미군들과 화려하게 장식된 가게들을 보는 것도 흥미로웠다. 눈에 보이는 모든 것들이 그저 신기하게만 여겨졌고 즐거웠다. 얼마나 지났을까? 해가 서산으로 기울어가고 멀리 수성못 위로 펼쳐졌던 황금빛 하늘이 금세 어둠으로 물들자 조바심이 나기 시작했다. 종아리가 땡땡하고 발바닥은 화끈거리고 아파왔다. 16살 소녀가 걸어가기엔 너무 힘들고 끝이 보이지 않는 길이었다. 편하게 버스를 타고 가는 이들이 그렇게 부러울 수가 없었고 서러움에 눈물이 찔끔 시야를 가렸다. 처음으로 부와 빈곤의 차이를 경험하였던 것이다.

버스안내양 언니에게 한번쯤 부탁하고 사정해볼 용기가 없었던 것인지, 어린 자존심에 금이 가는 게 싫었던지 긴 행군을 끝낸 패전용사처럼 겨우 집에 도착한 나는 녹초가 되어 저녁도 먹지 않고 곯아떨어졌다. 다음날 가방 한구석에서 5원짜리 동전을 찾았을 때의 허탈감이란 이루 말할 수가 없었다. 우리 집은 왜 이렇게 먼 곳으로 이사를 왔는지 처음으로 아버지를 원망했던 기억이 있다.

수성못 주변에는 오래된 수양버들이 줄지어 서 있고 늘어진 가지 사이로 태양 빛이 비치면 금빛으로 수놓은 수면 위를 연인들이 보트를 타며 즐거운 시간을 보내고 있다. 나무 아래에는 소풍나온 가족들이 돗자리를 깔고 둘러앉아 정성껏 싸온 도시락을 먹고 있다. 낭만적인 데이트코스로 가족들의 소풍 장소로 부족함이 없는 이곳을 그날 하루의 피곤함으로 어찌 사랑하지 않을 수 있으랴.

친척 오빠들이 놀러오면 우리 자매들도 오리배를 빌려 열심히 페달을 밟으며 타곤 했는데 옆에서 물 위를 유유자적 아름답게 떠다니는 오리들이 물 아래에선 쉴 새 없이 다리를 움직여야만 하는 비애를 그때 처음 알았다. 못 입구에는 놀이기구가 그리 많지 않은 작은 놀이동산이 있었다. 회전그네, 회전목마, 꼬마기차, 사격

장, 포장마차, 솜사탕. 우리에겐 끊이지 않는 유혹과 즐거움의 연속이었다. 그것이 더더욱 버스비를 아껴가며 걸어다니는 이유였는지도 모른다. 따뜻한 일요일엔 릴케의 시집을 들고 벤치에 앉아 시를 읽다가 어둑해지면 집으로 오는 어설픈 문학소녀 코스프레를 하기도 했다.

수성못은 봄, 여름, 가을 모두 남이섬에 버금가는 멋진 풍경을 담고 있지만 겨울이 오면 찾는 사람들의 발길이 뜸해져 을씨년스럽다. 놀이동산도 문을 닫고 찬바람만 쌩하니 못 주변을 휘돌아나간다. 동장군이 기세좋게 몰려올 때면 수성못은 자연스럽게 스케이트장이 만들어진다. 하나둘씩 스케이트 대여하는 천막들이 늘어나고 스케이트 날을 갈아주는 장사꾼, 어묵과 라면을 파는 포장마차, 붕어빵장사, 쉴 새 없이 돌아가는 솜사탕기계 등 어른 아이 할 것 없이 몰려들어 다시 한번 수성못은 북새통을 이룬다. 어느새 겨울축제의 장이 되는 것이었다.

우리도 오빠와 친구들이 오면 함께 스케이트를 타러 가곤 했다. 아버지는 6명이나 되는 우리에게 달랑 스케이트 하나만 사주셨다. 다행히 발 크기가 비슷해서 번갈아가며 타기도 하고 대여해 신기도 했는데 신기하게도 그것 때문에 다툰 적은 없었다. 30분 정도 번갈아 탄다는 그 암묵적인 룰을 잘 지켜가고 있었다. 오빠들이 손을 잡아주고 가르쳐주어 타는데 제법 자신이 생겼다 싶으면 다음 순번한테 스케이트를 벗어주어야 했다. 아버지는 우리에게 양보와 인내, 절약정신을 가르쳐주고 싶으셨는지 자전거도 한 대, 롤러스케이트도 하나, 스케이트도 한 켤레, 우리는 늘 나눠가며 타고 배우고 하였다. 덕분에 물건의 소중함을 알게 되었고 적정한 선에서 타협하는 법도 배우게 되었다. 언제부터인가 수성못이 얼지 않아 겨울축제는 사라지고 우리들의 즐거움이었던 애장품인 스케이트도 창고에서 녹슬어가고 있었다.

갑작스럽게 도시화된 수성못 풍경이 우리의 추억을 앗아가버렸듯이 그때 그 오빠들과 친구들은 지금 어디에서 살고 있는지 박제된 추억의 한편이 되어버렸다. 성인이 되면서 줄지어 늘어서 있는 포장마차에서 어둠에 잠긴 수성못과 화려한 불빛들을 음미하며 꼼장어에 소주 한 잔 곁들이는 재미도 빼놓을 수 없었다.

실내 인테리어를 배운 딸을 믿고 집수리를 맡긴 아버지와 못마땅하신 엄마의 언쟁은 내가 집수리를 다 끝내고도 몇 달은 계속되었던 것 같다. 나의 꿈과 열정과 애정으로 변신시킨 우리 집과 서정미 넘치는 수성못 풍경을 어떻게 잊을 수 있겠는가. 사춘기의 아픔과 사랑과 그리고 그곳에서의 결혼, 그 후 아버지의 사업 실패로 우리는 그 집을 떠날 수밖에 없었다. 살을 에는 아픔으로 떠나야 했던 우리의 보금자리를 그 후 오랫동안 다시 찾을 기회는 없었고 자연히 수성못도 우리 기억에서 잊혔다. 결혼 후에도 고향을 떠나 먼 타지에서 살았고 수성못 집에서의 얘기는 한동안 우리 가족들 사이에서 금기시되다시피 했었다. 누구든 아픈 기억을 다시금 떠올리기가 싫었던 까닭이다.

대학 동창들의 모임이 있어서 이십오 년 만에 수성못을 다시 찾게 되었다. 몰라보게 변화한 그곳 풍경은 낯설기 그지없었다. 예전 우리가 살았던 집도 찾기가 힘들었고 이미 내 추억 속의 장소가 아니었다. 그냥 번화한 도심 속의 화려하고 커다란 호수공원에 불과하였다. 예전엔 수성못을 중심으로 어우러진 한 폭의 수채화 같았는데 지금은 고층 아파트 건물 속에 파묻혀버린 공원이 되었다. 물론 물에 비친 고층 아파트의 불빛과 멋진 가로등 빛은 근사하고 화려한 야경을 선사했지만 예전의 추억과 낭만은 어디에고 남아 있지 않았다. 우리들의 웃음소리와 젊음과 아픔으로 아롱졌던 옛날 집 풍경은 가슴 한켠 묻어놓을 때가 되었나보다. 어쩌다 한번씩 들춰보는 추억의 앨범처럼 내 기억이 가물가물할 때쯤 다시 꺼내보고 상기시키고 곱씹어볼 일이다.

요즘 같은 불확실성의 세계에서 인간들은 혼돈의 나락으로 떨어지고 삶과 죽음의 경계에 서 있는 우리를 견디게 하는 힘은 주변의 관심과 사랑 그리고 추억이다. 자신이 가장 행복했던 순간과 풍경을 가슴한 곳에 고이 정리해두고 되새김질하며 살아가는 것도 하나의 방편이 될 것이다. 오늘도 나는 40여 년 전 그곳으로 산책하러 간다. 내 마음은 어느새 소녀가 되어 노을빛이 예쁘게 물든 수성못 둑길을 걸어가고 있다.

기나긴 생일

내가 이 세상에 처음 얼굴을 내민 날이다. 수십 년 전 세상과 내가 처음으로 조우한 날이지만 기쁨에 벅찬 특별한 날로 기억하진 않는다. 내가 세상에 태어난 자체가 축복인지 어떤지 점점 확신이 서질 않기 때문이다. 내 생일을 얼마나 많은 사람이 기억해주고 축하해주는지 존재의 비중만이 관심사였다. 축복해준 이들에게는 기억해뒀다가 챙겨줘야 하고 당연히 기억해주리라 기대했던 사람들이 혹 모른 척 지나가면 서운함이 발동한다. 기브 앤 테이크Give & Take의 이기심이 발동되는 것이다.

이젠 반백을 넘기는 때에 접어들자 늙어간다는 생각에 서글픔을 부여하기도 싫고 내가 준 것보다는 관심을 보내온 상대에게 살뜰하게 못 챙겨줄까 그것이 더 염려스러워 조용히 생일을 보내고 싶은 마음도 있었다. 앞자리 수가 5로 바뀌고 난 뒤부터는 의도적으로 나이를 잊어버리고 싶을 때가 있다. 그러다보면 스스로도 나이가 헷갈리기 시작한다. 소설을 쓰고 있는 박 작가님은 얼마 전 식사 자리에서 올해 60이라고 본인 소개를 하신다. 가끔 만나 왔던 터라 연세를 대충 알고 있었는데 선생님이 그렇게 젊으셨었나? 하고 진지하게 믿고 있다가 모두가 웃음을 터뜨린 적이 있었다. 선생님의 마음 또한 60세에 머물러계시고 싶었던 걸까. 오늘 또 한번의 생일을 맞이했지만 몇 번째의 생일을 맞은 것인지 나 또한 잊어버렸다.

아침부터 휴대폰 벨이 울렸다. 엄마를 모시고 있는 막냇동생이었다. 'Happy birthday to you' 하며 엄마를 바꿔주었다. 이제 딸의 목소리도 가물가물하다던 엄마가 넷째딸 생일을 기억하고 계셨을 리 만무하다. 동생이 오늘 넷째언니 생일이라고 하니까 그제야 "아 그래? 축하해" 하신다. 엎드려 절 받기이지만 그나마 황송하고 고마운 일이다. 내년 당신 생일도 기약할 수 없는 엄마에게 딸의 생일이 뭐에 그리 중요한가? 넷째딸이 윤애인지 기억하고 축하한단 말이라도 해줄 수 있는 엄마가 아직 옆에 계시는 것이 내게는 큰 선물이다.

엄마와 동생의 축하에 새삼 오늘이 내 생일임을 실감한다. 현관문을 나서니 동장군이 기세등등하다. 올해 들어 가장 추운 날이라고 한 일기예보가 생각났지만, 속이 빈 탓인지 바람이 더욱더 시리게 볼에 와닿는다. 건강검진 예약이 되어 있어 어젯밤 9시 이후부터 위장에 넣은 것이 없다. 생일날 아침을 굶어야 한다는 건

달갑지 않은 일이지만 식사조차 제대로 할 수 없는 사람들에 비하면 한 끼 정도 굶는 건 일도 아니다. 검진 잘 받고 오라는 남편과 딸의 격려를 바람막이삼아 병원으로 향한다.

건강검진 순서를 기다리다보니 남동생과 막내동서가 생일 축하의 문자 메시지를 차례로 보내왔다. 사소한 일일 수도 있지만, 속이 텅 빈 오늘만큼은 차 한 잔 마시는 것만큼 따스한 일이다. 남동생이 내 생일에 선물 쿠폰을 보내준 것도 동서가 내 생일을 기억하고 축하해준 것도 정말 모처럼의 일이다. 살다보니 이런 날도 오는구나 싶어 삶의 보람까지 살짝 느껴지는 순간이었다. 건강검진을 받고 나니 수필가 김 선생님이 축하한다고 문자 메시지를 보내왔다. 내 생일을 기억할 리가 없는데 축하한다고 하니 조금 의아했다.

강원일보에서 주최한 '결혼과 출산 행복 수기 공모'에서 내가 입선을 했고 나 덕분에 본인도 응모해서 장려상을 타게 돼서 기쁘다고 하셨지만 즐거워해야 할지 고민스러웠다. 겨우 입선인데 장려상 수상자에게 축하를 받으니 기분이 묘하다. 잠시 기쁨과 아쉬움의 귀로에 서서 생각해보니 내 권유로 김 선생님이 응모하여 상을 타게 됐으니 더더욱 다행한 일이기도 하다. 생일날 받은 선물 중의 하나로 기록해두기로 했다.

사무실에 들어가니 택배 두 개가 와 있었다. 남편이 주문한 선물과 막내동서가 보내준 선물이었다. 남편의 선물은 아직 미공개

라며 저녁에 개봉하자며 딸이 감추었다. 막내동서의 선물을 풀어 보니 책 두 권과 스타벅스 커피 세트와 카드였다. 직접 선물을 고르고 카드를 적으며 얼마나 고민했을까? 책 두 권에도 커피에도 동서의 정성이 담겨 있음을 알 수 있었다. 맛있는 커피 마시며 책도 읽고 작품도 쓰라고 보냈다고 하니 선물은 화폐의 가치가 아니라 정성이 더욱 크다는 걸 새삼스럽게 느꼈다.

하늘은 청명했고 때마침 바람도 두타산 산마루에 걸려 오수를 즐기는 참 기분 좋은 하루를 보내고 있다. 아침을 굶은 보상으로 저녁에는 남편과 딸이 생일상을 차려주었다. 엄마 생일이라고 휴가를 내서 와준 딸의 마음이 어여쁘다. 스테이크에 파스타. 요즘 남편은 요리를 곧잘 하여 어떨 땐 나보다도 더 맛있고 고급스럽게 플레이팅하여 내놓는다. 식사 후에 아들이 보내준 케이크와 남편이 준비한 꽃다발과 와인 그리고 진주목걸이 등 풍성한 생일을 보내며 나의 존재가 오늘만큼은 고맙고 귀하게 여겨지는 날이었다.

생일파티는 그것으로 끝나지 않았다. 다음 날 아침에 남편은 생일에 못 먹은 찰밥과 미역국을 끓여주었고 저녁에는 가족 외식을 하고 난 뒤 딸과 쇼핑을 하였다. 그리고 짙은 그린 색 겨울 코트를 딸에게 생일선물로 받았다. 잘살았구나! 그리고 잘살고 있구나! 스스로 위로할 수 있는 날이었다. 다음날은 한식전문점에서 오랜만에 어머니를 모시고 점심을 먹었다. 생일을 기억하셨던지 금일봉을 주셨다. 소액이지만 지난 가을에 밤농사로 고생하고 마련한 쌈짓돈을 나눠주신 것이니만큼 고귀한 돈이다.

참으로 긴 생일이었다. 생일은 본인의 탄생으로 주위 분들에게 행복을 안겨주는 날이지만 본인이 건재하므로 주변 사람들에게 또 하나의 위안이 되는 날이다. 선물에 진심을 써넣은 카드를 받는다는 건 그 사람의 영혼과 마음이 다가와 내 손을 잡아주는 일이다. 단 하루라도 나를 기억해주는 사람들이 있다면 내 인생은 '소확행小確幸'이라 말할 수 있을까?

몇 해 전 귀농하여 예쁘게 살아가는 부부들의 이야기를 담은 프로그램을 본 적이 있었다. 그곳에서 처음 '소확행'이란 단어를 접했다. '작지만 확실한 행복'은 일본 작가 무라카미 하루키의 작품에서 만들어진 단어 같았다. 몇 개의 도서관을 뒤져 무라카미 하루키의 『작지만 확실한 행복』이란 수필집을 찾아서 읽어보았다. 작지만 어마어마한 행복이 기다릴 줄 알았지만 말 그대로 일상에서 느낄 수 있는 소소한 행복이었고 누구나 가볍게 읽을 수 있는 수필집이었다. 사실 소확행은 우리가 살고 있는 현실 도처에 스며들어 있지만, 미처 발견하지 못하고 지나칠 때가 많다. 욕심이 지나치면 작은 기쁨과 행복을 발견하기가 쉽지 않다.

대부분의 사람은 행복이 인간이 나아가고 도달해야 하는 최종 목표라고 생각하고 있지만, 행복은 우리가 생의 마지막 순간인 죽음으로 나아가는 길 위에서 얻어지는 결과물이라고 책에서 읽은 적이 있다. 우리가 힘겹게 또는 고통스럽게 버텨내고 있는 이 세상에서 이따금 우리는 작은 행복이란 걸 발견하고 살아내곤 하는 것이다. 생일을 맞은 나에게 누군가가 행복을 안겨주듯 또 다른 누군가에게도 난데없는 행복꾸러미를 산타할아버지처럼 툭 던져놓고 갈지도 모를 일이다. 한 주나 계속되었던 기나긴 생일이 막을 내렸다. 내년 이맘때면 누군가 커튼콜Curtain call을 할지도 모르겠다.

국수가 먹고 싶다

겨울바람이 매섭게 불어대고 마음이 검불같이 어수선한 날엔 이상국 시인의 「국수가 먹고 싶다」라는 시가 입안에서 맴돈다.

> 삶의 모서리에서 마음을 다치고/ 길거리에 나서면/ 고향 장거리 길로/ 소 팔고 돌아오듯/ 뒷모습이 허전한 사람들과/ 국수가 먹고 싶다(「국수가 먹고 싶다」 중에서)

국수는 우리 민족의 한과 아픔을 함께 해왔으며 삶의 모서리에서 마음을 다친 사람들을 위로하는 음식이다. 오늘같이 추운 날엔 멸치육수 진하게 우려낸 잔치국수로 상을 차려 아버지와 따뜻한 방에 마주 앉아 먹고 싶다. 아버지가 마지막으로 맛있게 드셨던 잔치국수로 헛헛한 마음을 따뜻하게 데우고 싶다. 음식은 추억이 반이고, 그 추억 덕분으로 사람들은 살아간다. 음식은 단순히 허기를 면하게 해주는 것 외에 누군가를 기쁘게도 하고 새로운 희망을 주기도 한다. 가끔 딸은 직장 생활이 힘들고 스트레스받을 때는 먹고 싶은 음식을 내게 문자로 보낸다. 집에 와 있는 며칠 동안 함께 음식을 만들어 먹으며 얘기하다보면 어느새 힘듦은 사라지고 가벼워진 마음으로 돌아가곤 한다.

음식은 상황이나 세월의 흐름에 따라 기호도 달라지는 것이다. 비가 내리는 날에는 전을 부치는 소리와 빗소리가 비슷한 이유에서인지 전이 먹고 싶어진다. 여름날 더위로 지쳐 입맛이 없을 땐 시원한 냉면이나 막국수. 콩국수처럼 목넘김이 좋은 면 종류가 당긴다. 김장하는 날이면 시작 전에 어김없이 돼지고기 수육을 냄비에 올려놓는다. 김장이 끝난 후에 갓 묻혀놓은 겉절이와 굴무침 속을 만들어 고기와 같이 싸먹으면 다시 없는 훌륭한 요리이다. 가끔 수육과 겉절이, 잔치국수를 같이 먹는 것도 일품이다.

예전에는 생선류보다 육류를 선호했던 내가 요즘에는 생선구이나 생선조림에 먼저 젓가락이 간다. 생선과 나물 종류를 좋아하게 되면 나이가 드는 증거라더니 두릅이나 머위, 고추나물, 곤드레, 곰취, 쑥 같은 나물이 많이 나오는 봄이 은근히 기다려지는 걸 보니 틀린 말은 아닌 듯하다. 두릅 파스타나 쑥부침도 별미이고 밀가루나 쌀가루를 무쳐 쪄낸 쑥버무리 같은 것도 언제나 먹고 싶은 추억의 음식이다.

성년이 되어서도 입도 대지 않았던 국수도 결혼하면서부터 은

근히 끌리기 시작했다. 어릴 적 엄마가 저녁 메뉴로 국수를 정한 날에는 어김없이 밥도 준비해야 했다. 고집쟁이 넷째딸이 국수를 전혀 먹지 않았기 때문이다.

국수는 3천 년의 역사를 지니고 인류와 함께 해온 음식이다. 동양의 국수와 쌀국수, 라면에서부터 서양의 파스타에 이르기까지 전 세계인들이 즐겨 찾는 음식으로 다양하게 발전하며 오늘날까지 음식의 주류를 이루며 명맥을 유지하고 있다.

〈누들 로드〉에서 이욱정 PD는 국수에 대해 "어떤 식재료와도 잘 어울리는 뛰어난 적응성adaptability, 빨리 조리하여 먹을 수 있는 신속성speediness, 보존과 휴대가 가능한 휴대성portability, 차별화된 디자인과 식감이 갖는 유니크한 감성sensibility 때문에 진화하고 확산될 수 있었다"라고 말한다.

국수는 긴 면발만큼이나 끈질기게 이어오면서 살아가는 인간의 삶을 대변해주고 있는 듯하다. 그래서 사람들은 생일이나 잔칫날 다 함께 모여 축하할 일이 있을 때 오래도록 잘살고 복받으라는 축원의 의미로서 국수를 나눠먹었던 것이다. 어릴 때는 곳곳에 국수를 만드는 집이 있었다. 길을 걷다보면 옥상에 하얀 국숫발이 길게 걸려 바람결에 나부끼고 있는 것을 종종 본 적이 있었다. 쌀보다는 싼 가격으로 살 수 있고 어디에서나 쉽게 구하며 간편하게 조리할 수 있고 김치 외에 달리 반찬이 필요치 않고 많은 사람이 나눠먹을 수 있기에 좋은 음식이다. 국수 한 그릇은 허기를 달래주는 위로였으며 이웃의 정을 나눌 수 있는 훈훈함이었고, 나눔의 미학과 영양소를 갖춘 보편화된 민족정서가 담긴 음식이었다.

임신하고 입덧으로 고생하며 밥을 잘 먹지 못할 때 누가 국수를 만들어주면 한 그릇을 후루룩하고 먹어치웠다. 그때부터 국수에 대한 내 호감도가 바뀌었다. 한 아이의 부모가 되는 준비를 하며 내가 조금씩 어른이 되어가고 있었던 게 아닌가 싶다. 국수를 좋아한다는 건 삶 또한 바빠지기 시작했다는 의미이다.

오래 전 김해시에 볼일이 있어 어머니를 모시고 다녀온 적이 있었다. 자동차로 5시간 반이나 가야 하는 먼 거리였기에 하루 중에 다녀오기는 시간이 빠듯하여 이른 새벽에 출발했다. 용무를 마치고 난 뒤 늦어진 점심시간, 마침 그 동네에 전국에서 유명하다는 국숫집이 있어서 번호표를 받고 한 시간씩 줄을 서서 기다렸다. 시장 안에 자리한 허름한 국숫집이었지만 빼곡하게 자리를 메운 사람들이 국수를 먹고 있었다. 가게 주인은 신선한 멸치를 가마솥에 넣고 새벽 시간에 끓여내 아침 7시부터 국수를 팔기 시작한다고 했다. 물 대신 따끈한 멸치육수를 양은 주전자에 넣고 테이블마다 놔두었다. 전혀 비린내가 나지 않고 오히려 시원하게 느껴졌다. 고명으로는 부추나물과 단무지채, 김, 간장밖에 들어가지 않았는데 담백하고 독특한 맛의 국수였다. 그 맛이 계속 여운이 남아 집에 와서 그대로 만들어보았지만 역시나 그때의 시원한 맛을 낼 수가 없었다.

꼭두새벽부터 국수를 준비하며 장터 사람들의 허기진 배를 우선 따뜻한 육수로 채워주려는 주인의 배려에 못미친 것 같기도 하고, 정성이 부족해서일 수도 있겠다. 국수 한 그릇이 만들어내는 훈훈한 풍경이 오래 추억되는 곳이다.

국수를 준비하는 날이면 어김없이 돌아가신 아버지가 생각난다. 투병 생활로 몸도 마음도 지친 아버지는 거의 드시지를 못하셨다. 생신상에 음식이 한가득 차려져 있어도 몇 순갈 뜨다가 나중에 드신다며 수저를 놓으셨다. 다들 집으로 돌아간 뒤 나와 남편은 병세가 악화된 아버지를 두고 차마 발이 떨어지지 않아 조금 더 앉아 있었다. "국수가 먹고 싶다"라고 아버지는 시 제목을 읊조리듯 그렇게 말씀하셨다.

> 세상은 큰 잔칫집 같아도/ 어느 곳에선가/ 늘 울고 싶은 사람들이 있어/ 마음의 문들은 닫히고/ 어둠이 허기 같은 저녁
> (「국수가 먹고 싶다」 중에서)

시인의 마음처럼 아버지의 마음도 울고 싶어진 것이었을까? 아버지의 가슴속에 응어리진 인생의 고통을 풀어줄 따뜻한 국수 한 그릇이 필요했던 것이었을까? 아버지의 말이 떨어지자마자 남편은 팔을 걷어붙였다. 멸치장국에 고명을 얹고 직접 만든 냉이양념장을 한 순갈 끼얹어 장인어른을 위해 처음이자 마지막으로 국수

한 그릇을 만들어 드렸다. 아버지가 그렇게 맛있게 드시는 모습은 정말 오랜만에 뵈었다. 그 후로는 병이 더 깊어졌고 식사조차 제대로 못하고 우리 곁을 떠나셨다.

오늘은 유독 바람이 심하게 부는 겨울밤이다, 창문을 연신 흔들어대는 바람의 위력에 잠시 마음이 움츠러들고 갈마들 때 따뜻한 국수 한 그릇이 생각난다. 「국수가 먹고 싶다」는 시와 함께 그날 국수를 맛있게 드시던 아버지의 모습이 떠오른다. 날이 따뜻해지면 평소에 좋아하시던 쑥버무리와 국수 한 그릇 준비하여 아버지께 다녀와야겠다.

머리카락의 의미

끼니조차 잇기 어려운 가난한 선비의 집에 귀한 벗이 찾아왔다. 대접할 것이 없어 난감해하고 있었으나 선비의 아내가 밖에 나갔다가 오더니, 수건을 머리에 두르고 막걸리 한 주전자와 안주한 접시가 담긴 소반을 들고 들어오는 것이었다. 선비의 아내가 머리카락을 팔아 손님을 접대하고 감동을 받은 선비가 열심히 공부하여 훗날 장원급제했다는 애잔한 이야기는 대부분의 사람들이 알고 있는 전래동화이다.

신체발부身體髮膚는 수지부모受之父母라 하여 함부로 훼손하는 것을 불효라고 여겨 모두가 자식으로서 지켜야 할 덕목으로 삼았었다. 아내가 남편을 위해 머리를 자른 것은 여인으로서 행하기 어려운 참으로 아름다운 희생이다. 지아비를 위해 자신의 몸을 상하게 하는 것과 같은 행위라 할 수 있다.

오늘날 머리카락은 패션을 완성하기 위한 도구이고 개성이라고 표현한다. 머리를 잘랐다가 길게 이어붙이기도 하고 붉은 색으로 물들였다가 보라색으로 염색하기도 하고 또다시 탈색하여 외국인처럼 금발로 바꾸기도 한다. 웨이브를 넣었다가 어느 날 싫증나면 쫙 펴주기도 하고 사람들은 잠시도 머리를 가만히 놔두지를 않는다. 그러다가 머릿결이 상하면 영양 마사지니 뭐니하여 거금을 들이는 것도 마다하지 않는다. 단순히 패션으로서의 머리카락이 아니라 우리에게 진정한 머리카락의 의미도 파악할 때도 되지 않았나 싶다.

불교에서는 머리카락을 무명초無名草라 하여 잡초의 뿌리처럼 강한 집착을 나타내는 어리석음에 비유한다고 한다. 스님들이 머리를 자르는 행위는 속세의 인연과 번뇌를 모두 끊어내고 불문에 들어가 부처님의 가르침과 깨달음을 얻어 중생을 구제한다는 서원을 뜻한다고 하는데 처음 출가할 때 삭발을 하고 그 뒤부터는 보름마다 한번씩 깎아 불심을 다 잡는다.

어떤 학자는 머리카락을 우리가 드러낼 수 있는 남근이라는 시각에서 본다고 한다. 즉 머리카락은 노출증과 거세불안이 교차하는 지점이라고 정의하기도 했다. 성서에도 삼손은 머리카락으로부터 나오는 강력한 힘을 가졌다가 그의 부인 들릴라의 배신으로 머리카락을 잘리고 힘을 잃고 노예가 되었듯이 머리카락은 에너지와 권력을 의미하고 성적인 욕구도 포함하고 있는 듯하다.

일본에서는 머리카락이 빨리 자라는 사람을 두고 '스케베すけべ'

라고 놀리기도 한다. 색을 밝히는 사람, 바람둥이라는 의미를 내포하고 있다. 이쯤 되면 우리가 살아가는데 머리카락이 필요한 것인지, 번뇌를 없애기 위해 불필요한 것인지 헷갈리기도 한다.

나는 머리카락 숱이 너무 많아 미용실에 갈 때마다 헤어디자이너에게 한소리씩 듣는다. 파마나 염색을 해도 다른 사람보다 두 배의 용량이 들어가고 시간도 오래 걸리니 반갑지 않을 수도 있겠다. 내게는 탈모가 그다지 중요한 의미도 없지만, 머리카락이 자꾸 빠져서 고민 중인 사람이나 피치 못할 건강상의 이유로 깎아야만 되는 사람들에겐 큰 고민거리가 아닐 수 없다.

남편의 친구 중에 머리카락이 얼마 남지 않아 걱정인 사람이 있다. 머리 몇 가닥을 펼쳐 겨우 이마를 가리고 다니는 중이라 더운 여름날 에어컨이 고장 난 자동차를 타고 가도 절대 차창 문을 열지 않는다고 했다. 그 친구에게는 머리카락 한 가닥이 단순한 머리카락이 아닐 것이다. 한여름 더위와 싸우면서도 지켜내야 하는 자존심이고 자신만의 스타일일 것이다.

딸이 많은 우리 집에서 엄마의 가장 큰 걱정거리는 자꾸만 자라나는 딸들의 머리카락을 잘라주는 일이었다. 미용실 비용도 만만치 않은 형편이라 엄마는 직접 머리카락을 잘라주셨다. 그날이 되면 마당에 큰 돗자리를 깔고 정중앙에 의자를 하나 놓고 큰 거울을 기둥에 기대어 세워뒀다. 한 명씩 돌아가며 그 의자에 앉아 큰 보자기를 공주처럼 어깨에 두르고 얌전히 앉아 머리를 맡겨야 했다. 그 당시 우리들의 머리 스타일은 '가리아게'라고 불리는 똑같은 머리 모양이었다. 단발머리에 앞머리는 눈썹 위에까지 가지런히 자르는 모양이었는데 그땐 그 머리가 지독하게 싫었지만, 지금은 그 머리 스타일을 한 패션모델들도 꽤 많이 보았다. 요즘으로 얘기하면 클레오파트라 헤어스타일인데, 복고풍이라더니 유행은 돌고 돈다는 말이 그냥 하는 말은 아닌가보다.

여동생이 고등학생이 되었을 때의 일이었다. 월요일에 두발검사를 한다고 했다. 엄마도 계시지 않는데 어떻게 할까 고민하다가 "내가 깎아줄게, 나도 할 수 있어" 하고 호기를 부렸다. 동생은 미심쩍어하면서도 하는 수 없이 내게 머리를 맡겼다. 가위질을 시작할 때만 해도 자신이 있었다. 나도 엄마가 하는 것을 옆에서 지켜본 서당개 삼 년이다.

귀밑에서부터 3센티미터, 빗으로 길이를 맞춰가며 열심히 자르기 시작했다. 다 자르고 나니 줄이 똑바르지 않고 비뚠 것 같았다. 몇 번이고 다시 정리하다보니 머리는 점점 짧아졌고 동생 얼굴은 울상이 돼 있었다. 단발머리 길이가 댕강 올라가 귀밑에까지 왔다. 급기야 동생은 울음을 터뜨렸다. 머리는 일주일만 있으면 자랄 거라고 한참을 달랬지만 며칠 동안 동생은 내 얼굴을 쳐다보지도 않았다.

한 달 후에 동생이 다니는 학교에서 문학작품 전시회를 한다고 하여 언니들과 같이 가보았다. 학생들이 자신의 문집을 하나씩 만들어서 전시했는데 동생 문집의 제목이 「뚝배기」였다. 머리가 너무 짧아 뚝배기처럼 보여서 친구들과 선생님이 지어준 별명이라고 했다. 순간 웃음이 나오려는 걸 동생에게 미안하여 참았던 기억이 있다. 지금도 동생은 뚝배기처럼 무던하게 열심히 살아가고 있다. 그 이름에 걸맞게 동생의 인생은 파란만장하고 모든 일에 앞장서며 남을 도와주는 일에 몸을 사리지 않아 일복이 많다. 마치 그때 머리를 잘못 자른 내 탓인 것 같아 미안함이 앞선다. 머리카락 하면 떠오르는 그때의 추억이 또 한번 나를 웃음 짓게 한다.

반평생 이상을 살아온 나에게 남아 있는 날이 그다지 많지 않다는 것을 실감하며 사는 내게 머리카락이 있는 것만으로도 다행이라고 여기며 살아가려 한다. 조금이나마 이 못난 얼굴을 가려줄 수 있으면 감사한 일이고 머리숱이 점점 적어지는 친구들을 보면서 위로를 받는다. 그래서 내 머리카락이 조금이나마 편하게 휴식을 취할 수 있게 독한 파마 약도 묻히지 않으려 한다. 미용실에 들를 때마다 디자이너는 내게 매직스트레이트 파마를 권하지만, 지금껏 수십 차례나 웨이브 파마와 매직스트레이트 파마를 번갈아 하며 내 머리카락을 괴롭혀 오지 않았던가. 내게도 머리카락에게도 그런 행위는 중요하지 않은 것 같다.

늘 불만이었던 반곱슬머리의 내 머리카락이 이젠 밉지가 않고, 가끔 드라이기로 머리카락을 말리며 손으로 몇 번 만져주면 금세 제 스타일을 찾아내기도 한다. 마음이 우울하거나 큰 고민이 생졌을 때 머리카락을 확 잘라버릴까 하는 고민에 휩싸이기도 할 때 내 머리카락은 무명초에 불과한 모양이다. 여성들은 생활이 무기력하고 즐거움이 없을 때는 새로운 분위기 전환을 위해 미용실을 찾기도 하고 까닭 없이 머리카락을 기르고 싶을 때도 있다. 그럴 때 우리 몸에 잠재된 삼손의 능력이 필요한지도 모른다.

머리카락은 무명초처럼 내 번뇌와 욕망을 일깨우는 죽은 세포에 불과하지만 나와 함께 인생을 살아왔고 나의 허물과 기억을 고스란히 간직하고 있는 내 소중한 벗이다. 머리카락 한 올에 나의 추억이 리코딩되어 내가 이 세상을 떠날 때까지 나와 함께할 운명공동체이며 존재만으로 기쁨이다.

가끔 언니들을 만나면 나의 헤어스타일에 대해 이런저런 요구사항이 많아 나름대로 변형하기도 하고 고민도 많았지만, 이제는 신경쓰지 않기로 했다. 자존감이 높아진 탓도 있겠지만 남을 의식하여 자기를 바꾸는 것은 진정한 나와 멀어질 뿐이라는 것을 알게 되었다. 내 머리카락은 더 이상 무명초도 삼손의 머리카락도 아니고 그저 건강하게 '나'와 함께 있어준 것에 감사한 일이다.

아픔을 묻는 방법

하루에 하루를 더하면 변화 없는 하루가 되고 어제에다 오늘을 보태도 똑같은 하루일 뿐 나의 일상은 한결같다. 그것을 사람들은 지루함이라 일컫는다. 'boring'이란 영어 단어만이 입안에서 맴도는 똑같은 삶, 코로나19로 지친 사람들 대부분이 같은 느낌으로 살아가고 있을지도 모르겠다. 차라리 바쁘기라도 하면 벗어나리라는 생각이 든다. 나를 돌아볼 사이도 없이 무지하게 바쁜 일과가 주어지거나 요행으로 자유시간이 할당되어 멀리 여행이라도 다녀올 수 있다면 좋겠지만 팬데믹 상황에 그것 또한 나의 일장춘몽一場春夢이다.

엄마와 가족들의 건강, 경제와 미래의 불확실성, 아이들의 내일, 어느 것 하나 나를 편하게 해주는 것이 없다. 붙박이 같은 나의 하루에 간간이 새어나오는 한숨, 어제도 그렇게 지나고 오늘도. 내일은 어떨 것인가 희망과 변화가 없는 시간이 두렵고 고착

화되어가는 나태함에 불안하다. 이런 것이 '코로나블루(코로나우울증)'라는 것인가.

일상을 벗어나 작은 출판기념회를 다녀왔다. 시인들이 뱉어내는 아픔과 그리움과 회한의 단어들이 시어詩語가 되어 무대 위에서 뒹굴다 바닥으로 내려와 사람들에게로 오고 내 가슴에도 박힌다. 아픔을 얘기할 수 있다는 게, 보여줄 수 있다는 게, 때론 다행이라는 생각이 된다. 그나마 살아갈 힘이 된다는 것을 알기에 기꺼이 시를 쓰고 포용할 수 있었으리라.

어떤 이들은 상처가 너무 크고 견고하여 차마 뱉어내지 못하고 삼키지도 못하여 목젖에 걸려 있다. 그들은 울음다운 울음을 낼 수가 없고 주위의 걱정스러운 위로에도 그저 미소로 괜찮다고 답할 뿐이다. 엄마도 늘 그랬다. 아버지가 힘들게 한 세월들에도 푸념 한번 없이 묵묵히 속으로만 삼켰고 아버지를 보내고도 눈가가 촉촉이 젖는 것 외에 엄마는 담담했다.

현재 엄마의 상태로는 슬픔조차 사치로 여겨질 뿐이었다. "엄마 괜찮아?" 하면 "괜찮다"라고 엄마의 대답은 한결같았다. 시인들의 시로 슬픔은 포장되어 온데간데없이 사라지고 자그마한 희망의 불씨가 자리할 즈음 각자의 치유의 시간이 끝나가고 이젠 서로를 보듬어줄 때이다. 인사와 위로의 시간을 나눈 뒤 음악은 문틈으로 빨려들어가고 조명등이 하나둘 꺼진다. 정적만이 어둠을 감싸고 아직 치유받지 못한 아픔들은 무대 위로 바닥으로 뒹굴며 어둠을 응시하고 있을 뿐 나의 일상은 어느새 다른 세상으로 가 있다.

엄마의 생신일, 아버지가 돌아가시고 나서야 비로소 독자적으로 맞이하는 생일. 아버지보다 이틀 앞서 태어난 죄로 엄마의 생일은 늘 아버지 생일에 묻혔고 평생을 미역국 한번 못 먹는 날로 살아오셨다. 누구에게나 축하받아야 할 즐거운 날이지만 남편에게 순종하는 것이 미덕이라 배워온 엄마는 그렇게 스스로의 감정을 삭이며 살아오신 것이었다. 이제 오롯이 생일상을 받으며 축하를 받아야 할 즈음엔 엄마의 건강상태가 좋지 않으신 것이다. 몸이 아프면 산해진미의 기쁨도 의미도 상쇄되고 만다. 그나마 건강할 때 생일이 빛나고 더욱 의미가 있는 것이다.

아버지의 마지막 생신이 생각난다. 두 분의 생신을 축하하기 위하여 다들 각자 준비해온 음식들로 한 상 가득 차렸으나 이미 암세포가 온몸을 장악해버려 고통으로 식욕을 잃어버린 아버지에겐 그림의 떡이었다. 아버지가 드실 만한 것과 좋아하셨던 음식들을 권해보아도 나중에 먹겠다고 미루셨다. 그 다음날 아침 아버지는 코피를 쏟으셨다. 그동안 줄곧 입원을 거부해왔던 아버지가 호스피스 병동에 입원하기로 마음을 굳혔다. 버섯 고명과 냉이양념장을 만들어 따뜻한 국수를 차려드리자 순식간에 후루룩 한 그릇을 맛있게 드시는 것이었다. 온갖 맛있는 음식을 차려도 드시지 않던 아버지가 국수 한 그릇 드시고는 "참 맛있게 먹었네" 하고 사위에게 인사를 하셨다. 그날 이후 아버지는 입원하셨고 한 달도 안 되어 세상을 달리하셨다. 아버지의 마지막 만찬은 국수 한 그릇이었다. 생일인들 무슨 의미가 있었겠는가.

점차 치매가 깊어져가는 엄마의 생신일, 형제들이 모여 엄마를 모시고 여행을 가거나 음식을 대접하고 좋아하는 노래도 불러드리고 가수 실력 빰치는 엄마의 노래도 청해 듣는다. 〈동백 아가씨〉, 〈섬마을 선생님〉, 〈눈물 젖은 두만강〉, 우리 가가家歌 〈등대지기〉, 엄마는 망각의 벽에 갇혀 있는데도 불구하고 가사를 다 기억하고 계셨다. 우리는 엄마를 즐겁게 해드리기 위해, 엄마의 시간을 붙잡기 위해 계속 얘기를 하지만 엄마의 대답은 자꾸 짧아지고 말수가 줄어든다. 엄마의 병이 조금씩 깊어감을 우리는 느끼고 있지만 인정하기가 두려울 뿐이다.

얼마 전 도서관에서 『나는 죽었다고 말하는 남자』라는 책을 읽었는데 그 중 '누가 나의 이야기를 방해하는가'를 의미심장하게 보았다. "알츠하이머 병은 당신에게서 '내가 누구인가?' 하는 것을 빼앗아가죠. 인간에게 그보다 더 큰 공포가 있을까요? 이 병이 일단 들어오면 하루하루 살아오면서 축적한 모든 기억과 가치관. 이 세상과 가족, 사회에 대한 것들의 연결고리가 삭제돼요. 인간으로서 '내가 누구인가'를 사실상 규정하는 경계를 뜯어내버리죠." 하버드대학교 신경학 교수 루돌프 탄지의 말이다. '자아의 완전한 상실'이라고까지 표현하는 학자도 있다. 감각능력과 운동기능이 온전하다 하더라도 인지와 그에 수반되는 능력이 완전히 파괴되었다면, 그 사람의 자아에 과연 무언가가 남아 있기는 한 것일까?

심리학자 도널드 포킹혼은 "사람들은 살면서 겪었던 다양한 사건을 하나로 통합해 이해할 수 있도록 연결시켜 자신만의 개인적인 이야기를 만든다. 바로 자아에 관한 이야기들이다. 이 이야기들은 개인의 정체성과 자기 이해의 기초가 되고, '나는 누구지?'라는 질문에 대답할 거리를 제공해준다"고 얘기했다. 엄마의 상태를 내가 조금이나마 이해하게 된 것일까? 거리감이 좁혀졌다는 느낌이 든다. 치매가 있다는 것은 다른 사람들과의 연결고리가 끊어지는 것일 뿐 완전한 자아의 상실로는 인정하고 싶지 않았다.

알츠하이머병에 걸린 할아버지가 다른 사람 목소리에 전혀 반응이 없다가 딸이 면회와서 이야기하면 고개를 돌리고 말을 잘 듣는다는 예가 있었다. 엄마도 어쩌면 외부와 단절되어 현실세계와 동떨어진 자신만의 세계를 구축하고 있는지도 모른다. 그곳엔 희로애락이 존재하지 않는 바래진 기억만이 아스라이 남아 있을 것 같다. 이제까지 살아왔던 서럽고 힘든 기억을 지우고 오로지 무아의 세계에 들어 이 세상과의 이별을 준비하고 있는 것은 아닐까 생각해본다.

나도 엄마처럼 아픔을 지우듯 글쓰기에 몰입할 때 외부와의 연결고리를 끊고 잠시 스스로의 세계에 빠져들기도 한다. 그러다가 글을 다 쓰고 나면 머릿속이 하얘짐을 느끼고 현실로 돌아오는데 얼마나 빨리 현실로 돌아오느냐의 차이일 뿐 결국 나도 엄마와 비슷해져가고 있는 것이다. 엄마가 더 이상 자신만의 세계에 빠져 있지 않고 소통하며 우리의 손을 놓지 않기를 바랄 뿐이다.

"엄마 나 이제 갈게" 하면 "그래" 하시며 눈물을 글썽이던 분이 이제는 점차 무덤덤해져가는 사실이 우리를 안타깝게 한다.

아직 치유되지 않은 아픔들이 시어가 되어 내 가슴에 묻히고 엄마의 목젖에 걸린 슬픔은 구슬픈 노랫가락으로 빠져나와 허공을 맴돌다 밤하늘로 흩어졌다. 순간 엄마의 눈이 소녀처럼 반짝인다.

장미 볼펜처럼 향기 나는 글을 쓰겠다

어린 딸에게 선물로 받은 장미 볼펜이 있었다. 커다란 분홍색 장미가 볼펜에 예쁘게 피어 글을 쓸 때마다 은은하게 장미 향기가 났었다. 너무 신기하여 수첩을 펴고 생각나는 데로 볼펜이 가는 데로 자꾸 뭔가 적어보았다. 어떤 글자를 적어봐도 수첩에는 '사랑한다. 사랑한다'가 빼곡하게 쓰였던 기억이 난다.

오늘 3박 4일의 가족여행을 마치고 딸과 이별하고 집으로 돌아가는 시간, 고도 7,000m 상공에서 써보는 전자노트에도 '사랑한다. 사랑한다'를 반복해서 적어본다. 가끔 애들에게 하고 싶은 말이 많아도 내 화법의 한계를 느낄 때가 많다. 서로의 맘이 불편하지 않게 내 생각을 전하기란 쉬운 일이 아니다. 그럴 때면 예쁜 장미 볼펜으로 글을 쓴다.

스치는 사람들과 좋았던 느낌이나 대화가 불편했던 사람들과의 만남 뒤에도 억울하고 답답한 내 마음을 노트에 적어본다. 글을 써내려가다보면 불편했던 느낌이 순화되며 상대방의 입장이 조금씩 이해될 때도 있다. 글을 쓴다는 의미는 나에게 그런 느낌이었다. 감정의 지나친 질주를 자제하며 세상과 소통의 길을 만들어 사람을 소중하게 대할 수 있고 사물을 제대로 관찰하여 나 스스로 인생의 길을 모색하게 만드는 철학 같은 힘이다. 그래서 글 쓰는 순간만은 도를 닦는 것처럼, 기도하는 것처럼 마음이 숙연해진다.

나는 장미 볼펜처럼 향기 나는 글을 쓰고 싶었다. 일상에서의 경험들이 내게로 와서 글이 되고, 주변 사람들을 이해하고 따뜻하게 보듬어주는, 사람 향기 나는 세상이 지속되기를 바랐다. 그리고 무엇보다 내 삶이 건강하고 진지해지기를 바라며 단어 하나에도, 문장 한 줄에도 진심을 담으려고 했다. 이렇게 모인 글들이 나와 사람들을 연결해주는 다리 역할을 해주기를 희망한다. 아울러 내 가족과 친구, 친지들에 대한 나의 사랑이 변함없이 이어지기를 진정으로 바라며 조심스럽게 첫 번째 수필집을 세상에 내놓는다.

2022년 가을

김윤애

틈

지은이_ 김윤애
펴낸이_ 조현석
펴낸곳_ 북인
디자인_ 푸른영토

1판 1쇄_ 2022년 10월 30일
출판등록번호_ 313 - 2004 - 000111
주소_ 121 - 842 서울 마포구 서교동 460 - 34, 501호
전화_ 02 - 323 - 7767
팩스_ 02 - 323 - 7845

ISBN 979-11-6512-063-4 03810

책값은 뒤표지에 있습니다.
저자와 협의 아래 인지를 생략합니다.

이 책은 강원도 강원문화재단 후원으로 발간되었습니다.